讀名著・學語文

西遊記

新雅文化事業有限公司
www.sunya.com.hk

讀名著・學語文

西遊記

原　　著：吳承恩
撮　　寫：黃慶雲
責任編輯：吳金
封面繪圖：小雲
內文插圖：陳焯嘉
美術設計：金暉
出　　版：新雅文化事業有限公司
香港英皇道 499 號北角工業大廈 18 樓
電話：(852) 2138 7998
傳真：(852) 2597 4003
網址：http://www.sunya.com.hk
電郵：marketing@sunya.com.hk
發　　行：香港聯合書刊物流有限公司
香港荃灣德士古道 220-248 號荃灣工業中心 16 樓
電話：(852) 2150 2100
傳真：(852) 2407 3062
電郵：info@suplogistics.com.hk
印　　刷：中華商務彩色印刷有限公司
香港新界大埔汀麗路 36 號
版　　次：二〇一一年一月初版
二〇二四年十月第十三次印刷

ISBN: 978-962-08-5285-5

18/F, North Point Industrial Building, 499 King's Road, Hong Kong
Published in Hong Kong SAR, China
Printed in China

瑰麗的名著

葛翠琳

文學名著，具有永久的魅力。一代又一代的讀者，曾從中吸取智慧和勇氣。

面對未來競爭性很強的社會，少年兒童需要作好準備，從素質的培養、性格的塑造、心理承受力的加強、思維方式的形成、智力的開發，以及鍛煉堅強的意志，都是重要的課題。家庭教育的單調、學校教育的局限、社會教育的不足，使孩子們面對許多新問題感到困惑。而文學名著向小讀者展現豐富的世界，通過書中具體的形象、曲折的情節，讓讀者學會觀察人，以及人與人的關係，了解錯綜複雜的社會矛盾。可以說，文學名著是人生的教科書，它像顯微鏡一樣，照出人的內心世界和感覺。通過書中人物的命運，了解社會，體會人生，不知不覺地得到啟迪心靈的鑰匙。而名著中文學的美，語言的美，更是滋潤心田的清泉，讓這些瑰麗的名著陪伴着你成長。

導讀

《西遊記》是以中國唐代玄奘法師到印度取經的事實為背景的。玄奘在西元六二九年由長安出發，經歷了高山、大河、沙漠、冰雪和火山幾萬里的艱苦歷程，到印度把六百多卷佛經取回中國。當時的交通工具何等的落後，完成這麼艱巨的任務，真是不可思議的！因此，民間就給他創造了許多神奇的傳說。到了明代，作家吳承恩就根據這些傳說，重新創作，寫成這本偉大的小說。

《西遊記》最成功的地方，就是創造了孫悟空這個形象。他是從石頭裏爆出來的，因此他有着不受任何拘束、無所畏懼的個性，而他又是一隻猴子，因此具備了機靈、頑皮和樂觀的精神。大鬧天宮時，他的任性、敢作敢為發展到了極限；後來保護唐僧往西方取經，則表現出他對師父的忠心，對同伴的友愛。他有時捉弄豬八戒，也無非是友善的玩笑罷了。

孫悟空跟妖魔和惡勢力作堅持不懈的鬥爭，雖然反覆了十多次，但讀來不會使人厭煩，反而引人不斷的追看下去。這是因為每一次鬥爭，都是對他的智慧、勇氣和信心的新挑戰，鬥爭越艱巨，他的勝利就更上一層樓，也就越能引起讀者的共鳴了。

孫悟空不是完美無缺的，但他勇於與困難鬥爭的精神是最可貴的。

人物介紹

孫悟空

唐三藏的大弟子。是一隻由仙石孕育誕生的靈猴，生性靈巧聰明，勇敢剛毅，不畏強權；行事雖然詭計多端，頑皮好鬧，卻是正直無私的好漢子。為了保護唐三藏上西天，他嘗透了千辛萬苦，還要忍受誤解和委屈，但他永不言敗，永不氣餒，真是一位魅力十足的英雄。

豬八戒

唐三藏的第二位弟子。他原是天蓬元帥，因犯錯誤被貶下凡，卻因投錯了胎，弄得變成了豬的臉孔，脾性也有點和豬相近，貪吃懶做，愚笨粗魯，不過也有憨厚的一面。在取經路上，他雖然給孫悟空製造了不少麻煩，卻始終是他的得力助手。

沙和尚

唐三藏的第三位弟子。他本來是捲簾大將，在王母宴會上，打破玉琉璃，被貶往流沙河。要是和豬八戒相比，他是一個極不相同的老實和尚，西方路上，驚險重重，他從不抱怨，永不偷懶，更沒有一句廢話，挑着行李默默前進，是一位令人喜歡的人物。

白龍馬

馱着唐三藏上路的白馬，是龍王三太子的化身，因為縱火燒燬龍宮殿上的明珠，犯了死罪，後來得到觀音菩薩向玉帝求情，成為唐三藏的座騎，以保護他取經來贖罪。

唐三藏

唐三藏是歷史上的真實人物，本姓陳，名褘，出家後法號玄奘，洛州（今河南）人。他是唐朝的高僧、佛教學者，也是一位旅行家，人們通稱他為三藏法師，俗稱唐僧。貞觀三年（西元六二九年，另一說法是貞觀元年），他獨自前往天竺（今印度），在那爛陀寺研讀佛經，留學十七年才回中國，譯出一千三百多卷經書，與鳩摩羅什、真諦二人並列，被稱為中國佛教三大翻譯家。由於他的成就卓越，民間常把他的事跡寫成傳奇。

本書中的唐三藏信心堅定，不受外界的引誘和威迫，有時雖然表現軟弱和對壞人輕信，但是他有着驚人的毅力，這是他取得成功的主要原因。

目錄

壹 石頭爆出來的石猴

據説，很久很久以前，世界分為四大部洲：東勝神洲、西牛賀洲、南贍部洲和北俱蘆洲。

在東勝神洲海上，有一個傲來國。傲來國有一座花果山，花果山頂上有一塊三丈高的石頭。有一天，從石頭裏爆出一個籃球般大的石卵，風一吹，這石卵化成一隻石猴，眼睛閃着金光，活潑無比。

這石猴跟山上的猴子結伴，採果子，喝山泉，嬉戲作樂，十分快活。夏天來了，天氣炎熱，他和猴羣一起到山澗中洗澡，忽然看見了一道氣勢磅礴的瀑布，彷彿天上銀河，滔滔滾滾，一直瀉到山下。羣猴都拍手讚揚説：「好水！好水！哪一個本領高強的，敢鑽到裏面，尋找到源頭，我們就拜他

花果山

為王。」連叫了三聲，石猴便應聲說：「我進去！我進去！」

石猴閉着眼睛，蹤身一跳，跳到瀑布後面。到他張開眼睛一看，已進入另一個世界裏面了。這裏面一片明朗，並沒有水流沖擊。他站在一座鐵橋之上，那些水從橋下流過，逆流而上，通過岩石的裂縫，噴出一股瀑布，就像一道布簾那樣，把洞門遮擋起來。橋邊還有一座石房，房內有石窩、石灶、石牀、石凳。中間還有一塊石板，寫着：「花果山福地，水簾洞洞天。」石猴喜出望外，連忙跳出水外，對羣猴說：「太幸運了，裏面原來是個好地方，可以住上幾千隻猴子，讓我們都搬進去安居下來吧，免得受老天爺的氣，颳風下雨也有地方安身了。」

猴子們都歡呼起來，跟着石猴進入了水簾洞。他們實踐了諾言，尊他為王，叫他做「美猴王」，還選出了大臣，管理山上的事，好不熱鬧呢。

這樣，一晃就幾百年了。有一天，美猴王和羣猴吃吃喝喝，興高采烈的時候，忽然流下淚來。那些猴子連忙問他為什麼悲傷。美猴王說：「我們目前雖然快樂，但是終究難免一死的，我怎能不悲哀呢？」眾猴中有一隻懂事的老猴子說：「只有佛、仙、神才能長生，除了他們，誰都要死的。」美猴王說：「那麼，我就走遍天涯海角，也一定要尋找到這些活佛和神仙，向他們學習長生之道。」於是，羣猴就給他造了一隻木筏，他駕着木筏，離開花果山了。

貳 會猜謎的美猴王

美猴王從東勝神洲到了南贍部洲，過了八、九年，都找不到仙和佛。後來，他到了西牛賀洲，聽說有一位道行很高的祖師，名叫須菩提。他便跋山涉水去找尋，終於，在一座高聳入雲的山裏，看見須菩提祖師正高高坐在石台之上，對一羣徒弟講道。美猴王一見，就向他不斷地磕頭，說：「師父，弟子在這裏敬禮。」祖師說：「你姓什麼？」美猴王答道：「我沒有姓，我是從石頭裏爆出來的。」祖師說：「那麼，我來給你取個名字吧，你既是猢猻，那麼你就姓孫，名字就叫悟空吧。」

美猴王從此就有了一個新名字——孫悟空。

祖師又問孫悟空說：「你要學什麼道？」

祖師一連說了幾種道，悟空都說不學。祖師生氣了，跳下台來，說：「你這樣不學，那樣不學，到這裏來做什麼？」跟着，就用戒尺在悟空的頭上，打了三下，倒背着手，走入裏面，將中門關了。那些徒弟都埋怨悟空觸怒師父，只有悟空卻還是笑嘻嘻的。他知道師父不是罵他，而是打了一個謎給他猜。

這天晚上，三更時分，他從後門進到祖師住的地方。祖師正在裏面打坐，看見悟空來了，便問他：「你來做什麼？」悟空說：「師父打了我的頭三下，不是叫我三更才來嗎？師父從前面走進去，就關上中門，不是叫我從後門進來嗎？」

祖師見悟空那麼聰明，便高高興興地把長生不老的方法傳授給他。三年之後，悟空已學得許多本領，會七十二般變化，身上八萬四千根毫毛，根根會變。他還學會了騰雲駕霧，將身一抖，跳一個筋斗雲，一跳就有十萬八千里路遠，沒有哪一位師兄比得上他。

有一天，悟空和師兄弟在一起，師兄弟逗他說：「師父教給你的本領，可以表演給我們看看麼？」悟空說：「請你們出一個題目吧。」師兄們說：「那就變一棵松樹看看。」悟空搖身一變，果然變成一棵枝繁葉茂的松樹。眾人都紛紛喝彩，驚動了祖師。祖師便對悟空說：「我教給你許多本領，都是為了躲避災難，你怎好在別人面前賣弄呢？」悟空說：

「我知錯了，請師父恕罪！」祖師說：「我不怪你，可你得離開這裏，回到你的老家去。」

叁　神奇的金箍棒

悟空離開了祖師，一個筋斗雲，回到花果山來。

他一回來，那些猴子都拉着他訴苦，原來最近有一個妖魔，自稱混世魔王，霸佔了山洞，逼得他們走投無路。悟空十分震怒，就找到那混世魔王，把身上幾萬根毫毛，都變成刀槍不傷的小猴子，圍着魔王打，最後將大小妖怪全部消滅掉，重新把水簾洞收復了。

悟空這時覺得保衛山洞是一件非常重要的工作，就帶領着猴子們學習武藝。練武一定要有兵器，悟空便又下山到了傲來國裏，拔出身上毫毛，變成無數的小猴子，把武庫和兵器館的武器都搬到山上，武裝了猴子的隊伍。猴子們舞槍弄劍，好不威風。

可是，對悟空來説，這些武器畢竟太平凡了，沒有一件叫他稱心的。一隻老猴告訴他，鐵板橋下的水，可以通到東海龍王那裏，可能龍宮裏面會找到珍奇的兵器。孫悟空便使用「閉水法」，到了龍宮，拜訪了東海龍王。龍王給他寶刀，他不肯使刀；龍王給他戟和叉，七八千斤的戟和叉他都嫌輕。最後，龍王就給他看一件奇怪的東西，那是太古時代大禹治水時放在河底的定海神針，有量米斗那麼粗，二丈多長，兩頭有兩個金箍，從來沒有人動過它，這幾天卻閃閃發着光，好像要引起別人注意，等人來取它一樣。悟空走到這鐵柱子面前，十分喜愛，看到上面寫着「如意金箍棒」幾個字，悟空説：「這金箍棒既能如人意，能不能縮得短一些，細一些呢？」他用手扶着那金箍棒，嘴裏叫着：「小！小！小！」金箍棒果然越縮越小，小得像一根繡花針一樣，可以藏在耳朵裏。然後，他把金箍棒拿出來，説着：「大！大！大！」金箍棒又長起來了。

接着，西海龍王送他一副鎖子黃金甲，南海龍王送他一頂鳳翅紫金冠，北海龍王送他一雙藕絲步雲履。孫悟空回到水簾洞，穿起了金甲，戴上金冠，踏上雲履，把自己變得頂天立地那麼高，揮舞着那金箍棒，風聲呼呼，日月無光，不但羣猴對他越來越尊敬，連各洞妖王都來參拜他。

有一天，悟空請了妖王們飲宴，喝得醺醺大醉。在朦朧中他看到有兩個鬼鬼怪怪的人，用繩子套着他的脖子，一直拉到閻羅王面前。悟空聲勢洶洶地質問閻羅王説：「我練了長生不死的道術的，你們怎麼敢把我的魂魄勾來？」閻羅王看見他威風凜凜，害怕起來，説：「上仙息怒。我們閻王地府有生死簿，把世上的人從生到死的日子都注明，可能有孫悟空這個同名同姓的人吧。」孫悟空説：「既然如此，把生死簿拿來我看看。」閻王便叫判官把生死簿拿來。悟空翻看簿子，到了猴類那部分，果然看到孫悟空這個名字。他便從判官手上，取過墨筆，把自己的名字和所有猴類的名字都一筆勾掉，喊着：「算了！算了！從此以後，都不屬你們管了！」一面揮着金箍棒，殺出地府。

走着走着，悟空在路上摔了一跤，忽然從夢中醒來。在他身旁的猴子叫着：「大王，你喝的酒太多了，睡了一夜呢。」悟空説：「我不是睡，是去做了一件非同小可的事，閻王老子以後都管不着我們，我們可以長生不死了！」

猴子們十分高興，妖王們知道，都紛紛向悟空道賀。

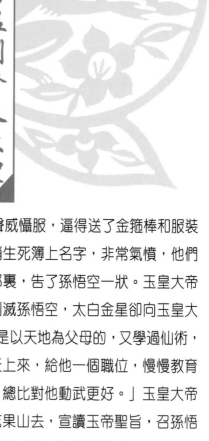

肆 從弼馬溫到齊天大聖

四海龍王被孫悟空的聲威懾服，逼得送了金箍棒和服裝給他；閻羅王又眼看他勾銷生死簿上名字，非常氣憤，他們氣勢洶洶地來到玉皇大帝那裏，告了孫悟空一狀。玉皇大帝聽了，正要派天兵天將去剿滅孫悟空，太白金星卻向玉皇大帝啟奏說：「孫悟空這猴子是以天地為父母的，又學過仙術，本領高強，不如把他招到天上來，給他一個職位，慢慢教育他，看他表現得怎樣再說，總比對他動武更好。」玉皇大帝同意了，就叫太白金星到花果山去，宣讀玉帝聖旨，召孫悟空到天上。悟空十分高興地領了旨，還對他的猴子猴孫說：「我先到天上看看，將來再帶你們去玩吧。」

孫悟空到了靈霄寶殿，見了玉皇大帝，玉皇大帝便封他做一個叫「弼馬溫」的官。

悟空不知道弼馬溫是什麼官，只知道任務是管理一千匹御馬。他高高興興地答應了，勤勤懇懇地工作，常常整夜不睡，把馬匹飼養得又肥又壯。過了半個月，他向人家說：「弼馬溫想必是極大的官銜吧？」那些人笑說：「這是什麼官銜，不過是一個馬伕罷了。看得不好，還要受罰呢。」孫悟空聽了，心頭火起，說：「我老孫在花果山稱王稱霸，何等威風，怎麼把我騙到這裏當馬伕來！」他一生氣，就拿出了金箍棒，沿途亂打，回到花果山去了。

悟空把他在天上的遭遇告訴猴子和妖王們，大家都替他不平。一個獨角鬼王對他說：「你這麼神通廣大，為什麼要給他養馬？不如做個齊天大聖吧！」悟空聽了，十分高興，就叫猴子們做了一面大旗，旗上寫着「齊天大聖」四個大字，在洞口張掛起來。

玉皇大帝知道了，十分震怒，就派托塔天王李靖帶着哪吒三太子，率領天兵天將，到花果山來要把他擒拿回天上。

一場大戰展開了，天神們施盡本領，都給孫悟空打敗了。他們逃回天上，向玉皇大帝報告。玉皇大帝更生氣了，要派出更多的天兵天將，非把悟空消滅不可。這時，太白金星又走出來，說：「玉帝，這猴子野性，不懂規矩，大王何妨仁慈一些，再招他到天上來，就讓他稱為齊天大聖，卻不給他報酬。這總比動武好吧？」玉皇大帝說：「也好，你就去把他招上來吧。」這樣，太白金星又到花果山去，說了許多好話。最後，悟空又到了天上。玉皇大帝親自把他封為齊天大聖，還在蟠桃園旁邊蓋了一間齊天大聖府給他，又叫他管理蟠桃園。

悟空點收蟠桃園，問問蟠桃有什麼特點。那土地告訴他，這些蟠桃有些三千年一熟，有些六千年一熟，有些九千年一熟，吃了可以長生不老的。悟空聽了，十分高興。他叫人好好照顧桃子。不久，桃子都半熟了，他再也等不住了，沒有人看見的時候，他就爬上樹，選幾個熟的吃，日子過得很快活。

伍 大鬧天宮

有一天，孫大聖在蟠桃園裏吃了幾個桃子，自己也化成一個桃子，在樹上搖來搖去睡熟了。忽然，有人伸手來摘他，他一醒來，看見摘他的是一個仙女，她和幾個同伴挽着竹籃在摘桃子呢。孫悟空就大喝一聲說：「你們是哪裏的怪物，敢摘我的桃子？」那些仙女說：「大聖不要生氣，我們是仙女，王母娘娘要在瑤池開蟠桃大會，宴請天上羣仙，派我們到這裏摘桃子的。」大聖說：「她有請我麼？」仙女說：「沒有。」大聖說：「我是齊天大聖，又種養了蟠桃，怎麼不請我呢！你們站在這裏，等我先去打聽消息再說。」然後，他唸起了咒語，對那些仙女說：「定！定！定！」原來這是定身法，那七個仙女馬上站着不動了。

大聖走出了蟠桃園，便遇見赤腳大仙，他正要赴王母娘娘的蟠桃會呢。大聖向他撒了一個謊說：「大仙不必直到瑤池去了。今年是先到通明殿聚集，再和大家一同赴會。」赤腳大仙信以為真，就往回走。大聖卻化成了赤腳大仙的樣子，到瑤池赴會去了。

大聖到達瑤池，筵席都準備好，客人卻還沒來，到處酒香撲鼻。大聖拔了幾根毫毛，變成了瞌睡蟲，拋到那些看守筵席的人的臉上，這些人便都熟睡了。大聖就據着桌子，大吃大喝起來，吃得醺醺大醉，糊糊塗塗，走到了一個叫兜率宮的地方。他想，「這不是太上老君住的地方嗎？待我去探望他一下。」他走到裏面，太上老君不在家，煉丹爐旁，正放着五個葫蘆，裏面裝着煉好的金丹。他常常聽說太上老君的金丹是非常寶貴的，便把葫蘆裏的金丹都倒了出來，像吃炒豆子一樣，全部都吃了下去。

這時，他的酒醒了，知道闖下大禍，玉皇大帝一定不會放過他的。他索性回到蟠桃會上，再拿了兩大罎子仙酒，一個筋斗雲回到花果山，給羣猴開了一個「仙酒會」，讓大家都得嘗美味，都可以長生不老。他想，天上能享受的東西，凡間也可以同樣享受的吧。

陸

跳不出如來的掌心

齊天大聖大鬧天宮之後，玉皇大帝更生氣了，立刻再命令李天王，帶領十萬天兵，到花果山捉拿孫悟空。這一次雖然聲勢浩大，可是天神們終敵不過孫悟空，在山上對峙着。後來，玉皇大帝又派來了一位道行高深的二郎真君，布下天羅地網，天上各方神聖，也都一齊出動。

孫悟空和二郎神鬥了三百個回合，勝負不分。可是，他的徒子徒孫，都給天兵打敗了。悟空心裏一驚，不敢戀戰，搖身一變，變成一隻麻雀，飛出重圍。

二郎神看穿了，也搖身一變，變做一隻鷹，飛起來追趕那小麻雀，追到湖邊，卻不見了，原來，悟空又化成一條魚，在水裏游着。二郎神立刻又化成一隻專門捉魚的小鳥去啄他，孫悟空變成一條水蛇，竄到草叢裏，二郎神又變成一隻鶴，飛過去要啄他。孫悟空急急滾下山崖，變成了一座土地廟，張大着嘴巴做門口，牙齒做廟門，眼睛化成兩邊的窗格子，只有尾巴不好收藏，化成一枝旗竿。二郎神看見了這座土地廟，笑着說：「哈哈，你這猢猻太糊塗了！哪有旗竿豎在屋後面的。你想騙我從門口進去，就一口把我咬住麼？好，等我先來拳打窗格子，再腳踢大門看看！」

孫悟空一想：可不得了，這一來，要把我的眼睛打瞎，牙齒打碎了。他只得再逃跑，但是被天上諸神包圍得水洩不通。觀音拋下一個淨瓶，打得他跌了一跤，太上老君又拋下一個金鋼套，打得他頭上火星亂迸，他剛剛爬起來，二郎神又放出他的神犬把他的腿狠狠咬住，他再次摔了跤，就給天將們擒住，捆綁起來。

玉皇大帝要把悟空處死，天兵就押他到斬妖台下面行刑，可是，怎麼才能殺死他呢？大刀斬、斧頭劈、尖鎗刺，一點都沒有傷着他。火神放火燒他，也燒他不着，雷神用雷電，也不能損傷他分毫。太上老君說：「這猴子吃了蟠桃，飲了御酒，又吃了我的仙丹，已煉成了金鋼不壞之身了。還不如給我領回去，放在我的八卦爐裏，煉他七七四十九天，一定把他煉成灰的。」玉皇大帝便同意了。

太上老君把悟空帶回兜率宮，把他放在煉丹爐裏，吩咐看火的道童好好的燒火。不知不覺已七七四十九日，太上老君心想，這猴頭肯定已被煉得化為灰燼了。於是叫道童打開爐門，哪知道「唿喇」一聲，悟空又跳了出來，他毫無損傷，只是一雙眼睛給煙熏紅了，成了個火眼金睛，他踢翻了八卦爐，就往外面走。太上老君往前拉他一把，給他摔了一個倒栽蔥。悟空這一出來，更與前不同，好像出山的猛虎，瘋狂的蛟龍，揮舞着金箍棒，一直殺到靈霄寶殿面前，所向無敵。這時天兵天將紛紛出動，把他圍着，不讓他侵犯玉皇大帝。情形十分緊急，玉皇大帝急忙派遣天將，到西天把如來佛祖請來。

如來佛祖見了孫悟空，不慌不忙地問他：「你為什麼要大鬧天宮呢？」孫悟空說：「凡間的天地太窄了，我要玉皇大帝讓一讓，等我做天宮的主人。」如來說：「那麼，你憑什麼本事坐天宮呢？」孫悟空說：「我有七十二般變化和長生不老之術，還會駕筋斗雲，一翻就是十萬八千里哩。」如來說：「那麼，我來和你打賭，你有本事翻出我的手掌，就叫玉皇大帝讓位給你。但是如果你跳不出去，那麼你就完了。」

孫悟空呵呵大笑地接受打賭。如來伸開右手，好像荷葉那麼大，悟空收了金箍棒，跳到如來的掌心，然後翻起筋斗雲，一直到了無邊無際的地方，看見有五根紅柱子。悟空說：「這大概是天盡頭了。我在這裏留個記號吧。」他拔下毫毛，在中間的柱子寫上「齊天大聖到此一遊」幾個字。跟着，又朝着一根柱子撒了一泡尿，又一個筋斗雲回到原來的地方，站在如來的掌上，說：「你叫玉皇大帝讓位給我吧！」

如來佛祖說：「你有離開過我的手掌嗎？」悟空說：「當然有，我還留下記號，你敢和我去看看麼？」佛祖說：「用不着去，你低頭看看好了。」悟空睜圓了火眼金睛一看，原來在如來佛祖的中指上，寫着「齊天大聖到此一遊」，在大拇指上，還有點猴子尿的臊味哩。他大吃一驚，想再跳出去。可是如來佛把手掌一翻，就將他推出西天門外，那五隻手指化成了五行山，把悟空牢牢地壓在山下，還在上面貼了一張咒語，使他永遠逃不出去。

可是，如來佛祖畢竟是慈悲的，他吩咐守山神每天給悟空吃鐵丸子，喝銅汁，使悟空不會受餓。讓他收心養性，等待日後有人來救他。

柒 唐三藏收了新徒弟

光陰似箭，孫悟空被壓在五行山下已過了五百年。那時正是中國唐朝的貞觀年間。在位的皇帝唐太宗是一個信奉佛教的人，而佛教卻是從印度（當時叫天竺國）傳人的。唐太宗要派遣一個高僧到天竺把三藏真經取回來。從中國到印度要跋山涉水，經歷漫長的道路，是既艱苦又危險的。

前往天竺取經的高僧，他的俗家姓名叫陳褘，法號玄奘，原來是一個孤兒，從小出家，對佛學很有研究。他不辭勞苦，不怕艱辛，要把取經的重責擔負起來。

在西天的如來佛，也正希望中國有人到天竺取經，就叫觀音菩薩下凡走一走，把三件寶貝：僧人的袈裟、錫杖和一頂金帽子送給那高僧，以後還會處處保護他。觀音下凡，經過五行山，看見了孫悟空，叫他耐心地等候一位師父到來，全心全意地保護師父到西天去。跟着，觀音又把袈裟和錫杖送給唐太宗，轉賜給高僧玄奘。

唐太宗舉行了一個隆重的典禮，歡送玄奘，又封他為御弟，賜他用唐朝的唐字為姓，用三藏真經的名為名字，稱為唐三藏，讓他帶了通關文牒，騎着白馬，由兩個人護送，離開長安，往遙遠的天竺國雷音寺取經。

唐三藏馬不停蹄地向西方前進。過了一段時間，已到達大唐的邊境，到處荒山野嶺，忽然一隻老虎迎面撲向他們，把兩個隨從的人都吃了，三藏騎着的馬也嚇得腰軟蹄彎，伏在地上。正在萬分危險的時候，一個手執鋼叉，腰掛弓箭的獵人走了出來，和那隻老虎一場猛鬥，最後用鋼叉把老虎刺死了。三藏感謝這獵人救命之恩。獵人知道他是受了皇帝欽命去取經的，十分敬重他，請他回家裏休息。到了第二天，再送他上路。

第二日，他們走了半天，來到一座大山前面，這座山高聳入雲，十分險峻，走到半山，那獵人就跟三藏告別，說：「長老，這裏叫兩界山，東半邊是大唐境界，西半邊是韃靼境界，我不能再送你了。」

正在這時，山下忽然傳來了響雷似的聲音，說：「我的師父來了！」三藏嚇了一跳，便和獵人繞過山頭去看看，原來喊話的是一隻被壓在山下的猴子，頭頂上長着青苔，耳殼裏垂下長春藤，下頷還長出綠茸茸的青草。唐三藏心裏十分不忍，問他說：「我是往西天取經的人，你有什麼話要對我說嗎？」這猴子說：「師父，我是五百年前大鬧天宮的齊天大聖，如來佛祖把我壓在山下。觀音菩薩告訴我，有個取經的人就要經過這裏，把我救出去。只要我皈依佛門，做你的徒弟，保護你往西天取經，將來就有好結果呢。」三藏說：「太好了，可是我怎麼能救你出來呢？」悟空說：「你到山頂上，把如來佛貼在那裏的六字靈符取下來，我就可以出來了。」

三藏走到山頂上，果然看到那金光四射的六字靈符，他跪下來向天禱告說：「我佛如來，如果我和這靈猴有師徒的緣分，就讓我把這靈符揭起來吧。」說完，就把那靈符輕輕一揭，一陣香風，把靈符吹到天上去了。他回到山下，悟空對他說：「師父，請你走遠一點，我要出來了！」唐三藏倒退十里八里，才聽到山崩地裂似的響聲，孫悟空從山下翻身出來了。獵人看到三藏收了徒弟，也就告別回去。

三藏問悟空有姓名沒有，悟空說他叫孫悟空。三藏說：「這名字不錯。你的樣子，很像個小和尚，我再給你一個別名，叫孫行者吧。」從此，悟空又叫行者。

孫行者挑着行李，跟在唐三藏的馬後面。遇到毒蛇猛獸，都被他的金箍棒一舉消滅，一路上平平安安，三藏十分高興。秋天已過去，初冬到來了。有一天，在一段山路上，忽然走出了六個兇神惡煞的強盜來，大叫：「要想活命，留

下你的行李馬匹來！」唐三藏嚇得全身發抖，跌下馬來。孫行者把師父扶起來坐到一旁，自己卻上前說：「你們要殺，就殺我吧！」那六個強盜掄槍舞劍，一擁上前，朝着孫行者的頭，乒乒乓乓，砍了七八十下，孫行者毫不動容，然後，他說：「現在該我來試試身手了。」他從耳朵裏拔出那金箍棒來，迎風就長了一丈，嚇得那些強盜紛紛逃走，他追上前，一棒一個，把他們全部打死。

三藏看見行者殺人，就對他說：「我們出家人，連螞蟻也不肯隨便踩死，你怎麼一下子就把他們都殺了？」孫悟空說：「師父，我不殺他們，他們就要殺你呢。如果我也像你那樣，就做不得齊天大聖了。」三藏還再跟他說道理，悟空終於不耐煩了，賭氣說：「你既然說我做不了和尚，上不了西天，那我就走了罷，好，老孫去也！」他一個筋斗雲走了，三藏抬頭，已看不見他。

捌 可怕的緊箍咒

孫行者離開了，留下唐三藏一人在那裏，孤孤清清，十分難過。他收拾行李，牽着馬兒，一步一步向前行。在路上遇見一位老婆婆。老婆婆說：「長老，你為什麼一個人在這裏呢？」三藏說：「我是往西天取經的，我本來有一個徒弟，因為我說了他兩句，他就離開我往東邊去了。」老婆婆說：「到天竺有十萬八千里路，你單人匹馬是去不了的。我的家恰巧在東邊，我趕上你的徒弟，叫他回來。他回來了，你就把這頂金帽子給他戴上。我教你唸一道緊箍咒，他不聽你話的時候，你唸起緊箍咒，他就不敢再調皮搗蛋了。」老婆婆教三藏唸熟緊箍咒之後，化為一道金光向東方去了。三藏知道她是觀音菩薩的化身，便低頭拜謝。

孫行者離開唐三藏，一個筋斗雲，到了東洋大海邊，他順便到東海龍王那裏吃茶。龍王歡迎他之後，和他談到近來的遭遇，孫悟空把什麼都告訴龍王，龍王便勸他說：「你還是聽觀音菩薩的話，保護那唐僧取經，將來便修成正道，否則你本領再大，也是一個妖仙罷了。」行者聽了，尋思一會，說：「好，老孫就回去。」

行者一個筋斗雲便回到原來那裏，看見唐三藏無精打采地坐在地上。行者叫了一聲師父，三藏說：「你到了哪裏去？我一直在這裏等你，都不敢走開。」行者說：「師父，你想必等得餓了，我給你化些齋吃。」三藏說：「不必了，我包袱裏有些乾糧，你給我拿來吧。」

孫行者解開包袱，看見裏面有頂金帽子。他一面把燒餅給師父，一面問師父說：「這小帽子是從京師帶來的麼？」三藏說：「是我戴過的。戴起來，聽經文也覺得頭腦清醒些。」行者說：「師父就給了我吧。」三藏說：「好！你先戴上看看合適不合適！」

行者高高興興地把帽子戴在頭上，這時，三藏燒餅也不吃了，就唸起那緊箍咒來。他一唸，直痛得那孫行者在地上打滾。孫行者用手準備去撕那帽子，但帽子上的金箍卻越來越緊。三藏一停口，他才毫無痛苦，三藏一唸咒，他就頭痛得像裂開一樣。行者問三藏這是誰教他的。三藏說是一位老婆婆教他的。行者說：「我知道她一定是觀音菩薩，我要到南海找她打一頓。」三藏說：「別妄想了，她教我唸咒，難道她不會唸咒麼？」行者沒有辦法，只好跪下說：「師父，我一定誠心誠意保護你上西天，再不後悔了！」

玖　唐三藏的新座騎

孫行者保護着唐三藏西行，不覺已是寒冬。他們來到險峻的蛇盤山，俯視着水極深的鷹愁澗。忽然，一聲水響，澗裏飛出一條龍來，撲向他們。孫行者丟下行李，用閃電般的速度把師父抱到山丘上，回到澗邊，那匹白馬已不見了。

三藏這時哭了起來，說：「沒有馬兒，我怎能到天竺去呢？」孫行者說：「好！等我找那惡龍，問他討回我們的馬去！」三藏又哭着說：「你走開了，如果那條龍又偷偷出來把我吃了，不更糟嗎？」孫行者說：「師父，你不要這麼膽小怕事可以嗎！又要馬騎，又不放我去，就在這裏坐到老吧！」

這時，空中有一把聲音說：「聖僧別哭，大聖別生氣，我們是觀音叫來保護聖僧的，大聖只管去找那條龍吧！」

孫行者於是就一躍到澗邊，大聲喝罵，那條龍跳了出來，聲勢洶洶地說：「吃了你的馬又怎樣？吞下去，就吐不出來了！」孫行者大怒，和他打起來，打了幾個回合，那條龍敵不過孫行者，就竄回澗底，無影無蹤。

孫行者把情況回報唐三藏，三藏說：「悟空，你從前不是告訴我你有降龍伏虎的本領嗎？怎麼今天就施展不出來呢？」孫行者最受不了別人激他，又跑到澗邊，拿出金箍棒來，施展出翻山倒海法，把水清如鏡的鷹愁澗攪得一片混濁，那條龍逼得又出來，勉強打了一會，就化成水蛇，竄到草裏了。

孫行者氣急敗壞地用金箍棒撥開草找那水蛇。忽然，山頭出現一道祥光，觀音菩薩已到來了。孫行者說：「你這慈悲的教主，怎麼教那唐僧唸緊箍咒，弄得我頭都痛了？」觀音說：「我可是為你好哩。再說回來吧，這條龍原是西海龍王的三太子，因為犯了天條，本該處死，我親自奏請玉帝赦免他，讓他做聖僧的馬匹。試想想西方的路上千山萬水，凡間的馬，哪有這腳力呢！」觀音向着澗裏一叫，那小龍就化成人形出來了。

觀音把事情給小龍說明，小龍就服服貼貼地站在那裏。觀音上前，取楊柳枝點些甘露，在他身上拂了一下，吹一口氣，喝聲「變！」那條龍就變成原來的白馬的樣子。觀音一再吩咐他要好好服侍唐僧，白馬都點頭答應。

孫行者這時卻扯住觀音説：「菩薩，我不去西天了！路途這麼崎嶇，這位和尚又那麼膽小不中用，什麼時候才能到達呢？」

觀音説：「你要成正果，就要有信心，哪能半途而廢？路上一定還有很多危險，你一定能夠克服的。」説完觀音就駕起彩雲，回南海去了。

孫行者牽了白馬，回到唐三藏身邊，唐三藏高高興興地説：「徒弟，你到哪裏把白馬找回來了，牠比以前還雄壯呀！」孫行者説：「師父你還在做夢，這是觀音菩薩把小龍變成的白馬，當然是不同於凡馬啦。」

三藏聽了，説：「既然如此，讓我叩謝觀音！」他跪在路邊拜着，旁邊卻笑倒了孫行者，他一邊把師父扶起來，一邊説：「師父，你起來吧，菩薩已去遠了，她聽不到你禱告，看不見你磕頭，你還拜什麼？」

師徒倆説説笑笑，又上路去了。

拾 二徒弟豬八戒

唐三藏和孫行者繼續前進，途中遭遇到不少危險，都給孫行者奮勇克服了。有一次，遇到壞人放火燒他們，孫行者就運用法術，用防火的籠子把師父罩住，大火熄滅了，唐三藏還在安然睡覺呢。又有一次，黑風山怪偷了三藏的袈裟，孫行者運用神通，打死妖怪，把袈裟取回來，絲毫無損。

一天，天色將晚，他們到了烏斯藏國界一條村，在村口撞着一個人。孫行者截住他，問他這麼急急忙忙要到哪裏去。那人說：「我們家裏被妖怪騷擾，我家主人高太公，叫我到外面招請高明的法師來捉妖的，你別阻我的路吧。」行者答着說：「你的運氣真好，我師父是東方來的高僧，最擅長捉妖哩。」

那人便把三藏和行者帶到高家莊裏，高太公殷勤地接待他們，向他們訴苦說：「我的小女叫翠蘭。三年前我給她招了一個女婿，和我們一起住。哪知道這個人竟是一個妖怪，起初他是一個又黑又胖的漢子，後來就變成一個長嘴巴大耳朵的豬頭！他胃口又大，只是早餐就吃了一百幾十個燒餅，我都快給他吃窮了！最近他把我的女兒關在後園的房子裏，連我們都不得見面，我不知道女兒是活着還是死了呢。」孫行者說：「你只管放心，今晚我一定把他拿住！你先帶我到後園的房子看看你家小姐去吧。」

行者跟着太公到了那座房子面前，房子給一把鎖牢牢的鎖着，孫行者把金箍棒一搗，就把門弄開。那個三小姐一看見父親，便哭哭啼啼。孫行者說：「先別哭，告訴我那妖怪哪裏去了。」三小姐說：「他最近知道父親叫人捉他，總是晚上才來，早上就走的。」行者說：「那我就晚上等他來。」

行者就坐在房間，變成三小姐。不多時，一陣狂風，那妖怪就到來了。他果然分不出真假，就把行者當作三小姐，談起話來。行者說：「我聽說爹爹要請法師來捉你呢。」那妖怪說：「別管他，神仙都是我的老相識，他請了誰來我也不怕。」行者說：「他說請一個五百年前大鬧天宮的齊天大聖呢。」那妖怪聽了，就害怕起來說：「啊呀，如果是那個弼馬溫，那麼我就得溜了。」他馬上開門就走，孫行者一把將他扯住，現出原身，大喝着：「好妖怪，你往哪裏走？抬頭看看我是誰？」那妖怪一看，嚇得手麻腳軟，化成萬道火光，直往山洞而去。

孫行者緊追不捨，一直追到山洞面前，那妖怪逃進山洞，取出一個九齒釘鈀來應戰，幾個回合就敗下陣來。孫行者說：「你是哪裏的妖怪，怎麼知道我老孫的名號？從實招來，免你一死！」那妖怪說：「我也不是等閒之輩，五百年前，我也去過靈霄寶殿，玉皇大帝親自封我為天蓬元帥，率領水兵，掌管天河。有一天，王母娘娘請我赴蟠桃大會，我因為喝醉酒，調戲嫦娥，被玉皇大帝處罰，我投生下界時，誤入母豬的肚裏，才生成這樣的豬相。你大鬧天宮，不是給如來佛祖壓在五行山下麼，為什麼又到這裏來，破壞我的好事呢？」

孫行者說：「我現在不是什麼弼馬溫了。我現在改邪歸正，保護大唐的三藏法師到西天取經呢。」那妖怪一聽說，連忙丟下釘鈀，向行者行禮，說：「那取經人在哪裏？請你給我引見。觀音菩薩叫我在這裏等他，保護他上西天，將功贖罪，修成正果。我等了許久呢。」

孫行者就把這妖怪揪到高家莊上，見了唐三藏，把一切都說明了。三藏十分高興，問這妖怪可有名字。這妖怪說：「觀音給我摩頂受戒，已給我取名悟能了。」三藏說：「很好，我再給你起一個名字叫八戒吧。」

從此，唐三藏又多了一個徒弟豬八戒，他給師父挑着行李，往西方的路上走去。

拾壹

三徒弟沙和尚

唐三藏師徒們離開了烏斯藏高家莊，在往西天的路上，又在黃風嶺上遇到了兇惡的黃風怪，他連唐三藏也搶到山洞裏，幸虧孫行者和豬八戒多方營救，才脫了險。

但是，一波未平，一波又起。不久，他們到達了一個地方，一條浩瀚無邊的流沙河出現在他們面前，河上波濤洶湧，又沒有船隻可渡。師徒們正在商量，忽然，水裏跳出來一個魔怪，紅髮蓬鬆，眼如明燈，臉如藍靛，頸上掛了一條九個骷髏骨的項鏈，手裏拿着一枝寶杖，見人就打。孫行者保護住唐三藏，豬八戒上前迎戰，打了許久，不分勝負。孫行者已忍耐不住，舞起棒子，走到河邊要助戰，那妖魔一見孫行者，慌起來，就躲到河底去了。

豬八戒埋怨孫行者說：「本來他就快給我打敗的，你來了就把他嚇走了。」孫行者說：「我們一定要把他擒住。他是水怪，才知道怎樣可以渡河的。」豬八戒又把那水怪引出來，狠狠的打了一場，那水怪又跳回水裏去了。

最後，觀音菩薩知道了，派了她的徒弟惠岸到流沙河，把那水怪叫出來。原來這水怪本來是靈霄殿上的捲簾大將軍，因為在王母的蟠桃宴時，失手打碎了玉琉璃，被逐到流沙河上。他成了妖怪，害了不少生命，後來觀音菩薩到來，勸他改邪歸正，告訴他唐三藏往西天取經，路過這裏時，他就要拜唐三藏為師，一直跟他到西天去。惠岸告訴他這就是唐三藏和他的兩個徒弟了，他就跪在唐三藏面前，說：「師父，弟子有眼無珠，認不得師父，請師父恕罪。」唐三藏十分高興，替他把那長長的頭髮剃光。三藏說：「你有名字沒有？」那妖怪說：「我姓沙，觀音給我改名悟淨。」唐三藏說：「很好，現在你剃了頭，像個和尚了，就叫沙和尚吧。」

沙和尚把頸下那九個骷髏頭解下來，化作一條船，安安穩穩地把唐僧師徒和白馬渡過流沙河。大家上岸後，那九顆骷髏頭化成九股陰風，寂然不見，沙和尚遠離了他過去的罪惡生活，做一個虔誠的佛教信徒。

拾貳 偷吃人參果

冬去春來，峯迴路轉，唐三藏師徒們來到一座風光旖旎、鳥語花香的山上。這山叫萬壽山，山上有一座道觀，叫五莊觀；觀裏走出兩個道童，問他們說：「你們裏面有沒有到西天取經的大唐聖僧？我們師父鎮元子出外聽道去了，吩咐我們在這裏招呼聖僧的。」

唐三藏高高興興地和大家入內，休息了一會，兩個道童捧着一個盤子，到了三藏住的房間，說：「我師父臨走時，吩咐我們摘兩個人參果招待高僧，現在請您吃吧。」三藏一看，盤裏裝着的是兩個活生生的小嬰孩，三藏嚇得戰戰兢兢的說：「我是出家人，不吃孩子的。」道童說：「這不是人，是仙果呢。」唐三藏推辭着不敢吃，那兩個道童就拿到自己的房間裏，分了來吃。

道童吃人參果的時候，給豬八戒聽見了。他慫恿孫行者說：「我聽他們說，這種人參果吃了可以長生不老的。那兩個傢伙自己吃了，卻不給我們。你的身手敏捷，何不到後花園偷幾個來，讓我們嘗嘗新呢？」

孫行者說：「這個容易！」他就使一個隱身法，到了後園，看見大樹上幾十個人參果，好像嬰孩一樣，迎着風亂舞手腳。他伸手摘了一個，這人參果滾到地上就不見了。行者很生氣，把當地的土地神叫來，說：「剛才的人參果哪裏去了？我分明看見它滾到地上的，是你撈了去吧？」土地神說：「大聖，你錯怪我了。人參果這寶貝，三千年開花，三千年結果，三千年成熟，一跌下地就消失，不關我的事。」孫行者不信，再摘一個滾到地上，果然又不見了。

孫行者就小心地摘了三個，小心地放在自己的衣兜裏，帶到房間，師兄弟各分一個吃了。豬八戒嘴又饞，胃口又大，一口吞下就向行者和沙和尚說：「這果子的味道到底是怎樣的？」行者說：「你先吃的，怎麼還問我們呢？」八戒說：「我連有核兒沒核兒都不清楚，哪知道它是什麼味道呢？師兄，你再給我摘幾個來吧。」孫行者說：「你太不知足了，算了罷！」就不管他了。

豬八戒還在哼哼唧唧吵着，不料被那兩個童子聽見，他們發現人參果被偷了，十分惱怒，直指唐僧說：「你這老和尚，我們好心好意招待你，你卻叫徒弟來偷人參果，叫我怎樣和師父交待呢？」唐三藏把三個徒弟叫來問話。孫行者起初覺得偷吃東西是不體面的事，不敢承認，但後來也不得不承認偷了三個。那道童說：「你還不老實，該是五個！」豬八戒聽了，卻怪行者說：「你這樣做就不對了，你只分給大家三個，原來是藏起兩個自己吃！」

那兩個道童不停口地痛罵，罵得行者再也忍受不住，他心裏想索性一拍兩散吧。他拔了一根毫毛，變成一個假行者坐在那裏挨罵。他自己卻走到後院，用神力把樹推倒，連根拔起，那些果子一滾到地上，就通通消失了。

兩個道童罵夠了，回到後院，發現人參樹倒了，嚇得手麻腳軟。一個道童說：「他們人多，我們人少，寡不敵眾，我們暫時不要聲張，讓他們吃過晚飯，睡了覺，把門鎖起來，不讓他們逃走，等師父回來懲罰他們吧。」

孫行者也把道童們的詭計看穿了。晚上，他摸到道童的房間，將瞌睡蟲彈到兩個道童的臉上，兩個道童便呼呼入睡。跟着，孫行者用解鎖法，往門上一指，門鎖脱落，行者就請師父上了白馬，八戒挑着行李，急急忙忙地離開五莊觀。

拾叁 復活了人參果

唐三藏師徒四人離開五莊觀，走了一百多里，忽然遇見一個道士。那道士問三藏從哪裏來，三藏說是從東土來，那道士說：「你們有沒有經過五莊觀呢？」行者心裏有鬼，連忙說：「沒有！沒有！」那道士冷笑說：「我就是五莊觀的鎮元大仙，你這猴頭，還想騙誰？你偷了我的人參果，倒了我的樹，快快賠給我！」

孫行者便跳了起來，和這鎮元大仙打鬥，不到兩個回合，大仙使了一個「袖裏乾坤」的法術，袖子一揮，把唐僧師徒四人連同白龍馬都一起籠在袖裏。豬八戒亂舞釘鈀，想把袖子戳穿，可是那袖子看起來比棉花還軟，戳起來卻比鐵還硬呢。

鎮元大仙回到五莊觀裏，把唐僧師徒從袖子裏放出來，一個個綁在柱子上，叫道童把鞭子拿來。他說：「唐僧為老不尊，先鞭打他。」

孫行者不忍師父受苦，便說：「偷果子的是我，吃果子的也是我，你打他幹什麼？打我吧！」道童把行者鞭了三十下，大仙又說：「雖是徒弟幹的，但師父管教不嚴，也得鞭打三十。」行者又說：「我偷人參果的事，師父一點也不知道，就算師父要受罰，我們做徒弟的也該替師父挨打的，就打我吧。」大仙說：「你這潑猴，倒有點孝心，好，就再打三十吧！」

這天晚上，大仙叫人把師徒四人鎖在後院裏，到了半夜，孫行者把身體縮小了，鑽出繩索，把師父和八戒、沙和尚都放出來，卻把幾棵柳樹根變成他們的樣子，仍舊綁在那裏，然後解了白龍馬，帶上包袱，又出門上路去了。

第二天，大仙仍舊鞭打他們四人，那幾棵柳樹根初時還會說幾句話，後來就露出原形。大仙見了，冷笑說：「好一個潑猴，真有點本事，這次我非拿你不可。」那大仙一陣風似的騰雲駕霧，追了上去，又一陣風似的，把唐僧師徒都籠在袖子裏，帶回五莊觀。

這一次，大仙可謹慎了，他叫小仙們將唐僧師徒四人用布緊緊裹住，外面塗上了漆。然後叫小仙們扛來一個大鍋，生起火把油煮沸，就要將孫行者投下鍋裏。

孫行者一個縱身，逃了出去，卻把院裏的石獅子，變成自己。鎮元大仙的小道士們，一共二十人才把石獅子扛起來，一放到鍋裏，「砰」的一聲，鍋穿了，油飛濺起來，小道士們的臉上都燙出許多小泡泡。再看時，一個石獅子完完整整的在那裏。大仙更生氣了。他說：「換一個新的鍋，再燒火煮油，那猴子逃了，這一回非治一治那唐三藏不可！」

孫行者在半空中聽得明白，他連忙跳下來，向大仙行禮說：「不要炸我師父，還是炸我吧！」大仙說：「你太可惡了，這次又弄壞我的灶。」孫行者說：「大仙遇着我真該倒灶呢！我不是要逃走的。不過剛才大小便急了，怕弄污你的油鍋，以後不好煮東西吃。現在我已弄乾淨了，正好給你下油鍋呢，請動手吧！」

鎮元大仙看了看這猴子，笑了起來，說：「你不必多禮，你的英名我也是知道的，不過你不該弄壞我的果樹，你逃到西天，也得還我！」

孫行者笑着說：「原來你這麼小器，我給你把樹醫活了就是！何必為了一株樹，這樣打來打去呢！」那大仙說：「那我就一言為定，如果你三天之內，能把人參樹醫活，我不但不追究，還會和你結成兄弟，怎麼樣？」

「好，那就請把我師父解開吧！」

孫行者騰雲駕霧，走遍了九洲四海，拜訪了許多仙人，大家都搖頭說，樹死不能復活了。最後，他想起了觀音菩薩的楊枝甘露，便到南海去，求觀音菩薩幫忙。菩薩親自帶着淨瓶到來，把甘露灑在枯樹上，那棵人參樹伸枝張葉，重新活起來，樹上還掛着幾十個人參果呢。

鎮元大仙滿心歡喜，實踐了他的諾言，和孫行者結成兄弟，還再摘下人參果，請他們吃了一頓，歡送唐僧一行再上路。

拾肆 三打白骨精

離開五莊觀，唐三藏一行走到一座荒山面前。唐三藏肚子餓了，孫行者看見遠處山頭有一點紅色，他知道那是桃子，就騰雲駕霧到那裏採摘。

原來這座山裏住着一個白骨精，她聽說吃了唐僧一塊肉，就可以長生不老，於是她想出詭計，要把唐僧擒來。唐僧正在等行者摘桃子的時候，她摇身一變，變成一個漂亮的女子，手提着瓦罐，摇摇擺擺，向他們走過來。

豬八戒看不出她是妖怪，高高興興地問她手裏拿的是什麼，那妖精說：「是炒麪筋，專門款待和尚的。」豬八戒就把她帶來見師父。唐三藏說：「用不着客氣，我的徒弟就快把桃子摘回來了。」可是豬八戒已經垂涎三尺，一嘴把瓦罐

拱倒，就要動口。

正在這時，孫行者拿着桃子回來了。他一眼看出這是個妖精，就叫着：「這是妖精，師父別上當！」他用金箍棒朝妖精迎頭打過去。那妖精十分狡猾，她用了一個解屍法，假身給孫行者打死，真身卻逃跑了。唐三藏看見一個活生生的女子死在自己面前，嚇得全身發抖，罵行者道：「你怎麼無緣無故，傷害人命啊！」行者說：「師父別怪我，你看看這瓦罐裏是什麼東西吧。」三藏一看，原來都是些青蛙、癩蛤蟆和蛆蟲，正在滿地亂跳。三藏便有三分相信了。

可是，豬八戒卻心懷不忿，便對唐僧說：「師父，你別相信師兄，他無辜殺了人，怕你唸緊箍咒，就變出這些東西來。」三藏果然聽了豬八戒的話，就唸起緊箍咒來，只痛得孫行者滿地打滾，說：「師父，你有話就說，別再唸了。」唐僧說：「我不要你做徒弟了，你走吧！」孫行者說：「師父，你要我走，我是走不得的。你救了我，是你有恩於我，我保護你上西天，是我報你的大恩。有恩不報非君子，我不能離開你的！」三藏說：「那麼，不要再有下次。」

過了一會，一個年老的婆婆哭着從前面走過來。豬八戒說：「不好了，師父，打死了那女兒，她媽媽到這裏來尋人啦。」孫行者一眼又看出這是妖精的化身，二話沒說，就一棒子把她打死，那妖精又使了一個法術，丟下一個屍體，自己逃跑了。

唐三藏看見行者又打死一個老婆婆，更是怒不可遏，便大聲地斥責孫行者。孫行者一再求情，他才答應不趕他走，可是不許他再犯了。

那妖精一不做，二不休，又變成一個老公公，一路哭着前來，要尋女兒、尋老伴。行者這一次看得更仔細了，他迅速拿出金箍棒，不等妖精使什麼解屍法，就把他打死在地上。唐僧一望時，只見地上一堆白骨，便吃驚說：「怎麼這人一死就化成骷髏呢！」行者說：「她本來就是白骨精，現在現出原形了。」孫行者翻開妖精的脊梁看，還有「白骨夫人」幾個字呢。

這一來，就不由得唐僧不信了。可是，那豬八戒又在舞嘴弄舌說：「師父，你怎麼就信他，他怕你唸那緊箍咒，才用法術掩你的眼的。」

唐三藏果然又聽信豬八戒的話，他又唸起那咒語，使孫行者痛得滿地亂滾，不管孫行者怎麼哀求，他還是決絕地寫了一張字據，與孫行者永遠脫離師徒關係。孫行者說：「師父，我們做了師徒一場，請你受我最後一拜吧！」唐僧轉過身去不理，行者便化成為四個行者，悲哀地圍着師父拜了一拜。

孫行者吩咐沙和尚說：「以後遇到妖魔侵犯師父，你就說我是師父的大徒弟，他們會怕我的。」唐三藏說：「我是好和尚，不要跟你這壞名字連在一起！」

可憐的孫行者翻起筋斗雲回到花果山，悲悲切切，他從來沒有這麼傷心過。

拾伍 師父變成了老虎

唐三藏趕走孫行者，繼續前行，到了一個松林裏，天色晚了。他叫豬八戒到外面化齋，豬八戒懶惰成性，不去化齋卻在樹林裏睡覺。唐三藏等得不耐煩，就獨自走出松林。他看見附近有一座寶塔，閃閃發光。他想，塔下一定有寺院。於是就朝着寶塔走去。

忽然，一個美麗的女人走了出來，看見他，吃了一驚說：「師父，你是誰？你為什麼到這裏來？」唐三藏說：「我是唐朝僧人，奉大唐皇帝之命，到西方取經，路經此地，想來化齋的。」那女人說：「師父，這是碗子山黃袍怪的家，我是寶象國的百花公主，被他把我擄到這裏來。妖怪回來，你就會有危險的，我給你一些食物，你快快離開吧。」唐三藏很難過地說：「不幸的公主，我該怎麼幫助你呢？」公主說：「你西行取經，很快就要經過寶象國，勞煩你幫我帶一封信給我的父皇，他知道我的情況，就會設法救我的。」唐三藏一一答應了。

唐三藏離開黃袍怪的巢穴，和豬八戒、沙和尚繼續上路，三天之後，他們就到了寶象國。三藏向國王呈遞關文之後，就把百花公主的信交給國王。國王看了信就哭起來，說：「這是我的第三位公主，十三年前中秋之夜，被一陣狂風攝去，從此不見蹤跡，原來給妖魔攝去了。多虧長老給我把消息捎來！」跟着，他又說：「長老是天朝高僧，想必是法力無邊的。我誠心誠意請長老大發慈悲，幫我消滅那妖魔，拯救我可憐的女兒，我願意和你結成兄弟，把國土分一半給你！」

唐三藏連忙說：「貧僧不過是凡人，哪有什麼法力？不過我手下兩個徒弟，卻是有點工夫，叫他們盡點力吧！」

國王十分高興，好好地款待了他們。次日，豬八戒和沙和尚騰雲駕霧回到碗子山，向那黃袍怪挑戰。哪知道那黃袍怪本領高強，豬八戒和沙和尚都不是他的敵手。打了幾十個回合，沙和尚被他擒住，豬八戒也落荒而逃了。

這時候，在寶象國的宮殿裏，唐三藏正陪着國王坐着，等候豬八戒和沙和尚帶來好消息。忽然，外面傳報說：「三公主的駙馬爺到來拜見國王。」國王不知如何是好，唐三藏說：「陛下請小心，妖精親自到來了。」

說話間，黃袍怪變成一位英俊青年已走了進來。國王見他儀表斯文，不敢說他是妖精，只問他為什麼到來。那妖精說：「我是碗子山波月洞的人，從小精通武藝，學習仙術，十三年前在山坡上打獵，看見一隻猛虎馱着一個姑娘跑過，我就射中猛虎，救下姑娘。姑娘感謝我救命之恩，就和我成婚。那隻老虎卻帶箭逃走。牠是一隻虎精，專門為非作歹。最近唐朝派了一個唐三藏往西天取經，也被牠吃了。牠還偷了唐三藏的關文，變成唐三藏的樣子，來到這裏騙你，我特地來告訴你的。你看，現在坐在殿上的不就是那兇惡的老虎嗎？」他唸起咒語，對唐僧說了一聲「變！」果然唐僧就變成一隻斑斕的大老虎。

國王看了大驚失色。黃袍怪卻叫人來，用一個籠子把唐僧關在裏面，要等他的徒弟回來，一同處死。國王已經完全受了他的蒙騙，就給他大擺筵席，讓他為所欲為。

唐僧的座騎白龍馬眼看這一切，非常焦急，他一等到豬八戒回來，便把所有的情況告訴豬八戒。豬八戒很失望地說：「跟了師父幾年，想不到有這個下場。現在，師父被人施了魔法，大師兄也離開，沙師弟又在妖魔手上，我們還有什麼希望呢！好吧，我們不如散了伙，我放走你，我也回到高家莊那裏做女婿去吧！」白龍馬拉着他說：「不！師兄，我們都有保護唐僧上西天的任務，不能半途而廢的。你快快去花果山把大師兄請回來，他有本領對付那妖怪的。」豬八戒說：「他受了委屈走的，怎麼肯回來呢？」白龍馬說：「我知道大師兄的為人。你只要對他說師父想念他，他就一定回來的。」豬八戒說：「那我就去試試看吧。」

豬八戒到了花果山，看見孫行者指揮羣猴，十分悠閒自在。可是，他一聽說唐僧有難，就二話沒說，辭別猴子們，駕起筋斗雲到寶象國來。

那妖精正在皇宮裏開懷暢飲，亂抓活人來吃，孫行者一到，對他迎頭痛擊，把他消滅了。

孫行者隨即到老虎籠前，看看師父。這時唐僧心中明白，口卻不能言，孫行者用水灑在他的身上，老虎不見了，籠門打開，唐僧又出來了。

孫行者跟着直搗妖巢，掃蕩羣妖，救出沙和尚，迎回公主。在那西行路上，這喜氣洋洋的師徒四人又再出現，白龍馬的蹄子，也特別的輕快了。

拾陸 會裝人的葫蘆

西方路上，一山更比一山險。

平頂山又是一座形勢險要的山。

孫行者說：「八戒，這山裏可能有妖怪，你小心去巡山，不要偷懶，有消息回來告訴我。」八戒唯唯諾諾地去了。

孫行者知道八戒惰性不改，就變成一隻小蟲，躲在八戒耳朵後面的鬃毛下，只要八戒一想睡懶覺，就叮他一口。可是八戒還是睡了一覺。睡醒後，他就準備了一番謊話。他還把石頭當做師父來演習一次，他說：「師父，我查過了。山上有妖怪，山是石頭山，石頭洞，洞門是釘釘鐵葉門。門上釘子有多少？老豬忙裏記不清了。」說完就走了。

豬八戒見到唐僧，唐僧問他：「徒弟，辛苦了！山上有妖怪嗎？」八戒說：「有。」唐僧說：「那是什麼山？」八戒說：「是石頭山。」行者說：「下面的我都替你說了吧，是石頭洞，洞門是釘釘鐵葉門，門上釘子有多少，老豬忙裏記不清了，是不是？」八戒慌了說：「你怎麼知道？」行者說：「我一直跟着你，你這麼不負責任，還說謊話，豈不誤了大事嗎？快把孤拐*伸過來給我打五棍！」豬八戒更慌了，說：「師兄別打，我再去巡山就是了！」

這一次，豬八戒可不敢偷懶了。不過，他巡山時，一個妖魔也帶着小妖在巡山。小妖一看見豬八戒，就叫着：「找到了！他就是豬八戒！」豬八戒一看，妖魔手裏拿着的正是他們師徒四人的畫像。小妖上來把豬八戒團團圍住，豬八戒一時不慎，跌了一跤，給小妖們抓鬃毛，揪耳朵，拉着腳，扯着尾，綁起來了。

原來這個平頂山上有一個蓮花洞，洞裏住着兩個魔頭——金角大王、銀角大王，還有一羣小妖。他們想吃唐僧肉，畫了唐僧師徒們的圖像在到處搜索。這次擒獲豬八戒的就是那銀角大王。他高高興興的把豬八戒帶回洞裏見金角大王，說把唐僧的徒弟擒來了。金角大王說：「這個豬八戒沒有用，他的大徒弟孫悟空才厲害，擒不住他，我就不敢吃唐僧肉。」

*孤拐：指踝骨，腳脖子兩旁凸起的骨頭。

銀角大王說：「你不要長別人志氣，滅自己威風，你看看我的本領吧。」

銀角大王走到山路上，搖身一變，變成一個老道士，雙腳流着血，不斷地喊救命。他悲慘的呼聲驚動了唐三藏，便問他有什麼困難。那妖魔說：「我和徒弟在山上走路，遇見一隻猛虎，把徒弟吃了，我在逃跑時不慎把腿跌傷，不能行走了。」三藏心軟，說請他騎馬，妖魔說：「腿傷了不好騎馬。」三藏就叫孫行者背他走。

孫行者明知他是妖怪，他想，也正好將計就計，故意落在後面，想把妖怪摔死。那銀角大王也知道孫行者的心意，就唸起咒語，使用了一個倒海移山法，把整座須彌山移來，想把孫行者壓住，孫行者把頭一偏，那座山就壓在他的左肩上。妖魔又再唸咒語，把峨眉山移來，迎頭向孫行者壓下來，孫行者又把頭一偏，這座山又落在他的右肩上。他背着兩座山，仍然緊緊地跟着師父前進。

妖怪又再使用法術，把泰山移過來，壓在孫行者身上。孫行者這時已筋疲力竭，被三座大山壓得不能動彈。妖怪就把唐僧、沙和尚都擒到洞裏去了。

金角大王一看，就問為什麼偏偏漏了孫悟空，銀角大王說：「你放心吧，孫悟空已被三座大山壓住，等我們去收拾他了。」金角大王滿心歡喜，叫兩個小妖，拿着一個紫金紅葫蘆和羊脂玉淨瓶去收拾孫行者。

須彌山
泰山
峨眉山

孫行者被三座大山壓着，心裏想，妖怪這時一定把師父捉去，他急得眼淚都流出來了。他把山神土地叫出來，問他們為什麼要把山借給妖怪來壓他。山神土地說：「我們不知道壓着的是大聖。那妖怪法力高強，我們不得不聽他的話呀。」行者叫山神土地把山移去，他再想辦法去救師父。

這時，金角大王派出的兩個小妖已拿着葫蘆和淨瓶走來了。孫行者馬上搖身一變，變成一個仙風道骨的老道士，對這兩個小妖說：「我是一個老神仙，要渡人成為仙人的，你們那麼匆匆忙忙到哪裏去？」

兩個小妖看他真像一個活神仙，就老實的回答他說：「我們大王叫我們去捉孫悟空呢。」孫行者說：「他是齊天大聖，你們有本事捉他嗎？」那兩個小妖說：「我們銀角大王早已把他壓在三座大山下面了，我們金角大王叫我們把葫蘆拿去裝他。我們這葫蘆是一件寶貝，我們把葫蘆口向下，向誰叫一聲，誰應了就會馬上被吸到葫蘆裏去。我們再貼上一條『太上老君急急如律令』的封條，只消一時三刻，他就化為水了，我這淨瓶的法力也一樣。」

孫行者心想，這寶貝果然厲害。他就拔了一根毫毛，變成一個葫蘆，笑着說：「你的葫蘆算什麼？我這個葫蘆連天也可以裝進去呢。」那兩個小妖不相信。孫行者說：「不信你就看看。」他暗暗一方面叫值日神請玉皇大帝把太陽暫時遮起來，一方面就裝腔作勢表演給小妖看，霎時間天昏地暗，日月無光。小妖叫着：「好了，快把天放出來吧。」行者又裝腔作勢把天放出來，只見又天朗氣清，豔陽高照。孫行者就向那兩個小妖說：「你們想要我這葫蘆麼？要就拿你的葫蘆和那淨瓶來交換。算是便宜了你們。」兩個小妖商商量量，覺得換了這寶貝一定會受到大王的獎賞，於是便答應下來，孫行者拿到那寶葫蘆和淨瓶就走了。

兩個小妖拿孫行者的毫毛葫蘆來裝天，當場就失靈了。他們慌慌忙忙跑回洞裏報告金角大王。孫行者也化成一隻小蟲兒跟了進去。兩個小妖哭哭啼啼的把葫蘆被騙的事向金角大王和銀角大王報告。金角大王說：「不用說一定是那隻狡猾的猴子孫悟空幹的。」

銀角大王說：「不管他怎麼狡猾，我都不怕他，我們還有寶貝沒有使出來呢，叫他等着被擒吧！」

拾柒 收服了兩個大王

銀角大王説的是什麼法寶呢？原來就是幌金繩。那條幌金繩放在他們的母親龍洞老母那裏，他就派了一個叫巴山虎，一個叫倚海龍的小妖到壓龍山，請母親來吃唐僧肉，並把那條幌金繩帶來捉拿孫悟空。

他的計劃完全給孫行者變的小蟲聽了去。那孫行者一直跟着那兩個小妖走，走到半路，把小妖打死了，自己化成巴山虎，拔一條毫毛化作倚海龍，到壓龍洞騙龍洞老母一同到平頂山蓮花洞那裏吃唐僧肉。那老妖婆完全相信他，就帶着幌金繩子跟他走了。走到半路，孫行者把那老妖婆殺死。她現出原形，原來是一隻九尾狐狸。

孫行者取了幌金繩，拔兩根毫毛化成巴山虎和倚海龍，再拔下兩根毫毛化成轎夫，自己化成老妖婆，坐到轎裏去。妖怪們見是老妖婆來了，大表歡迎，跪下來請安。孫行者扭扭捏捏地說：「孩兒們起來。」

那豬八戒和沙和尚都被妖怪高高吊在屋樑上。豬八戒這時忍不住笑起來對沙和尚說：「我們的弼馬溫來了。」沙和尚說：「怎見得呢？」豬八戒說：「你看這妖婆一起身答禮就把後面的猴子尾巴翹起來了。」

假老妖婆這時正和她的兩個兒子說話。兒子恭恭敬敬的請她準備吃唐僧肉。假老妖婆便說：「唐僧肉我還不想吃，聽說豬八戒的豬耳朵好吃，我想把那豬耳朵割一片來下酒呢。」豬八戒聽了，哇哇大叫，也正在這時，小妖們跑進來報告，說龍洞老母在路上被打死了。銀角大王立刻拿起七星劍向孫行者砍過來，兩人一直打到大門外。孫行者把那幌金繩拿在手，向銀角大王拋去。哪知道銀角大王唸起了「鬆繩咒」，那幌金繩不朝銀角大王反而朝着孫行者套去。銀角大王把孫行者提起來也吊到樑上去，把葫蘆、淨瓶也取回了。

金角大王看見銀角大王那麼勇敢，就請他喝酒吃東西。正當他們吃得醉醺醺的時候，孫行者把身體縮小偷走出來，連幌金繩也偷走了。他到了洞口，大聲喝罵，自稱是「者行孫」前來挑戰。

銀角大王應聲應戰，他還帶上那紫金紅葫蘆。交戰了一回，他對孫行者說：「我叫你一聲，你敢應我麼？」孫行者知道那葫蘆會把人吸進去。可是他想，我也不是者行孫，隨他叫吧。銀角大王叫了一聲「者行孫」，孫行者就應了他。這一回，他錯了！原來這葫蘆不管他是誰，只要應一聲就被吸進去的。

銀角大王把葫蘆拿回洞裏，笑嘻嘻的告訴金角大王，他已把者行孫捉在裏面，一時三刻，就會化成水的。他們兩人又開懷痛飲，一面飲，一面搖葫蘆，想聽聽者行孫化成水的聲音。

孫行者在裏面聽得清清楚楚。他馬上把自己化為一隻小飛蟲，卻大叫說：「哎唷！我的孤拐不見了！」一會兒又說：「我的下腰呢？哎唷！哎唷！」那銀角大王說：「他下半截身子也化了，那就差不多了，待我揭開看看吧！」孫行者一聽，又馬上拔一根毫毛，化成自己的上半身。那妖魔打開葫蘆一看，再蓋上時，孫行者化的小飛蟲已飛出去了。銀角大王蓋上葫蘆，金角大王再給他敬酒祝賀，他高興得把葫蘆交給身邊的小妖拿住，就雙手接過酒杯。沒想到替他拿葫蘆的小妖就是孫行者的化身，當這小妖把葫蘆交還銀角大王手上時，已是個假葫蘆了。

這時，小妖們來報，門外又有一個「行者孫」來挑戰。銀角大王又耀武揚威，帶着葫蘆出去。看見來者仍是猴子。銀角大王說：「行者孫，我不和你打，我叫你一聲，你敢應我麼？」行者說：「你叫我，我就應你，我叫你，你敢應麼？」銀角大王說：「我叫你，因為我有葫蘆裝你。你叫我，你有什麼寶貝？」行者說：「我也有葫蘆。」他將葫蘆亮了出來。銀角大王說：「為什麼你的葫蘆會和我的葫蘆一模一樣？你的葫蘆是怎麼來的？」行者也就接口說：「你先說你的葫蘆是怎麼來的吧。」銀角大王說：「在開天闢地，女媧煉石補天之時，補到最後，她發現地上有一條藤，藤上有一個葫蘆瓜，正是我這個葫蘆。」行者說：「那麼你說漏了，藤上是有兩個葫蘆瓜，你一個，我也一個。」銀角大王說：「我不曾聽說過。」行者說：「怎麼不是，我的瓜是雄的，你的瓜是雌的。」銀角大王將信將疑，說：「不說什麼雌的雄的，裝得人就是寶貝。」行者說：「好，我就讓你先裝。」

那銀角大王猛叫了一聲「行者孫」，行者清清楚楚地應他。一連三次，葫蘆都裝不到孫行者。行者說：「輪到我了。」他叫了一聲「銀角大王」，那銀角大王張開嘴不敢合攏，可就是這小小的聲氣，也被孫行者收到葫蘆裏去了。

孫行者立刻殺到洞裏去，金角大王猝不及防，帶了一些小妖逃了出去。孫行者又在洞裏取回那個淨瓶。他追上去，叫了一聲「金角大王」，那金角大王以為是他的小妖叫他，就應了一聲，也被吸進淨瓶裏去了。

孫行者就從樑上解下師父和師弟們，共同再上路。這時，他聽到空中有人叫他。原來是太上老君，他最近失去了裝金丹的葫蘆、裝水的淨瓶和一條帶子，原來是被妖魔偷了，孫行者於是把這三樣寶貝都送還給他。

拾捌 鬥法求甘雨

西方路上，一個又一個危險出現在唐僧的面前。但是孫行者處處在發揮他的神通，還給當地的人做了不少好事。他們路過烏雞國，烏雞國王三年前因為誤信一個道士，招他入宮廷，結成兄弟，卻被這道士推落井裏。這道士變成國王，奪了他的江山。幸虧唐僧到來，國王的鬼魂向唐僧求救。唐僧便叫孫行者救活國王，消滅了那妖道，為民除害。

跟着，他們路過火雲洞，遇着一個很奇怪的妖怪，雖然活上幾百歲，樣子還是個小孩子，自稱聖嬰大王。他是五百多年前，孫行者在花果山稱王時的結拜兄弟牛魔王的兒子，原叫紅孩兒的。他本領高強，嘴巴和鼻子會噴出烈火濃煙，使敵手無法躲避。孫行者最後請來觀音菩薩，觀音菩薩把他收服了，還叫這紅孩兒改過自新，跟隨觀音到南海修行。這就是我們常常看見觀音旁邊的一個童子，也就是人們常說的童子拜觀音呢。

再說，三藏師徒又往前走，走到一個叫做車遲國的國家，還沒有入國境，忽然聽見一陣驚心動魄的呼喊聲，三藏心裏很不安，於是叫行者去看看是怎麼一回事。

行者向前走，看到一羣和尚，穿得破破爛爛，愁眉苦臉地用力拉車上山坡，那個山坡那麼陡，簡直無法上去，那痛苦的聲音就是他們發出來的。孫行者問他們為什麼要做這樣的苦工。他們說，二十年前這裏發生旱災，國王請了三個有道行的道士：虎力大仙、鹿力大仙和羊力大仙來求雨。雨來了，旱災解除了，國王便認這幾個大仙做親戚，從此就歧視和尚，把寺廟都拆掉，把所有的和尚都分給道士做苦工。這裏原有二千多名和尚，是從各處捉來的，天天做苦工，天天給那管工的道士打罵，有六七百人被折磨死了，有七八百自殺了，現在只剩下這四五百人。

孫行者聽了，勃然大怒，找到那管工的惡道士，一棍子把他打死，然後對這些和尚說：「我是大唐和尚唐三藏的徒弟，我們是來救你們的。你們快快逃跑，等國王出了招僧榜以後再回來吧。」

這天晚上，唐三藏已經入睡，孫行者聽到遠處有敲鑼打鼓的聲音，便跳到空中一看，原來南方的三清觀裏燈火輝煌，神桌上擺着豐盛的供品。有三個披了法衣的道士——想必就是那虎力大仙、鹿力大仙和羊力大仙了，他們正領着七八百個小道童在做法事。孫行者想：「好機會，我要帶八戒和悟淨來耍弄他們一番。」

孫行者就回去把八戒和沙和尚叫醒了。豬八戒說：「半夜叫醒我們做什麼？」孫行者說：「三清觀裏做法事，點心、水果，吃也吃不盡啊！」豬八戒聽說有吃的，連忙爬起來，說：「那麼快快帶我們去吧。」

他們來到三清觀上空，孫行者吹了一口氣，馬上變成一陣狂風，把三清觀裏的蠟燭都吹滅了。虎力大仙便叫小道童各自去休息，三清殿上再沒一個人了。

行者等三人從雲頭上跳下來。八戒看到這豐盛的食物，伸手就來抓。行者卻說：「別急，吃要坐下來，舒舒服服地吃，別給人看破。我們不如就變成那三清菩薩，人家就不會看穿了。」於是豬八戒變做太上老君，孫行者變成元始天尊，沙和尚變成靈寶道君。原來那三尊菩薩像都給丟到茅廁去了。

一會兒，一個小道士聽到殿裏有笑聲，害怕起來，連忙報告那虎力、鹿力、羊力三位大仙。他們進來，亮起燈來一看，供品都被吃了個乾淨。羊力大仙說：「想必是我們誠心祈禱，感動了菩薩，親自吃我們的供品來了。這是難得的機會，我們快快向菩薩求些金丹聖水吧。」於是虎力大仙抬來一個大水缸，鹿力大仙拿來一個砂盆，羊力大仙拿來一個瓶子，三人跪在地上叩頭禱告，請菩薩賜仙水給他們，然後，命令所有人都退出，關緊大門，不許偷看，免得洩露天機。

豬八戒便埋怨孫行者吃了東西不走，惹出事來。行者卻笑着說：「他們要聖水，我們不就有嗎？」他帶頭撒尿，八戒和沙和尚都照樣做。一會兒，三個大仙進來，虎力大仙捧起水缸，鹿力大仙捧起砂盆，羊力大仙捧起瓶子，就把水喝下去了，他們叫着：「怎麼搞的，這聖水就跟豬尿差不多啊！」

孫行者看見事情已拆穿，就高聲宣布：「你們恭聽，我們是大唐往西天取經的和尚，承蒙你們款待和叩拜，無以為報，就把幾泡尿給你們！」說完，一手挾着八戒，一手挾着沙和尚，闖出殿門，駕雲走了。

第二天，車遲國王早朝的時候，唐三藏帶着三個徒弟拜見國王，請國王在關文上驗印，正在這時，虎力大仙、鹿力大仙和羊力大仙也上朝來了。三個大仙一見三藏師徒說是大唐來的，十分生氣，便把晚上給大唐和尚捉弄的事報告給國王。國王聽說他們侮辱了這三位「國師」，便下令將他們斬首。

行者卻鎮靜地對國王說：「陛下，天下冒名的人很多，怎麼能證明鬧事的就是我們呢？請你再考慮一下吧。」

這時，有幾個農夫到來求見國王，說整個春天沒有雨，禾苗快枯死了。國王便對唐三藏說：「我們尊崇道教，是因為從前大旱時，和尚求不到雨，而這三位大仙一求就靈。現在我讓你們和三位國師比賽求雨。如果你們贏了，我就赦免你們，否則，仍要斬首示眾！」

國王就叫人築起一個求雨的台。虎力大仙首先登台作法，他得意洋洋地說：「你們好好地看着，我會敲幾次令牌。第一聲，風來；第二聲，雲起；第三聲，雷電齊鳴；第四聲，下雨；第五聲，雲散雨停。」說完，他口中唸唸有詞，然後把令牌一敲，果然立刻就颳起風來。

孫行者馬上跳到天空，看見天上的風婆婆正在打開風袋把風放出來。行者便對她說：「我保護唐僧往西天取經，現在正和妖道鬥法，為什麼你們不幫助我們，反而幫助妖道呢？如果你再放風，把那妖道的鬍子吹動一下，我就打你二十棒！」風婆婆連忙說：「大聖，我不知道是你，不敢！不敢！大聖要我做什麼，我一定做什麼！」一下子，風都停了。

虎力大仙看見第一道令牌不靈，又敲響了第二道令牌。空中開始雲霧漫漫。孫行者又把推雲童子、布霧郎君截住了。

虎力大仙敲響第三道令牌，雷不響，電不閃，雷公電母都被孫行者止住了。他急得解散頭髮、添香、唸咒，又敲令牌。這時空中四海龍王一齊擁來，孫行者截住他們，說：「你們都得聽我的，不能幫助那妖道。我不會唸咒畫符，只會用

棍子，棍子一指，你們就跟着行事吧。」

行者又跳下來，國王問那虎力大仙為什麼沒有雨。虎力大仙說：「今天龍神都不在家。」行者說：「陛下，龍神都在家，不過國師的法力不靈，讓和尚把雨求來。」國王說：「那和尚快登壇去，我在這裏等雨好了。」

孫行者便請唐僧登上求雨壇，叫他只管靜坐唸經，行者在下面用金箍棒輕輕一指，馬上風聲呼呼，烏雲密布，跟着又雷聲隆隆，電光閃閃，大雨淋漓，一連幾個時辰。國王說：「夠了！」行者把棒一指，霎時雨收雲散，天朗氣清，陽光普照。國王連聲稱讚，便想在關文上打印，讓唐僧師徒們上路。那三個大仙卻還纏住國王說：「陛下，萬望你不要受他們蒙蔽，那些龍神本來是我們請來的。不過他們來遲，就讓和尚領了功罷了。」國王本來昏庸，幾個大師一說，他又沉吟起來。孫行者說：「我們請來的龍王，還在空中，我能請他們現身給你們看，幾位大師能麼？」國王高興地說：「快請他們現身，我從未看過真龍呀。」

那三個大仙叩頭唸咒，總是不靈，孫行者高叫一聲：「四海龍王快現原身！」金鑾殿上，立刻雲騰霧繞，四條金龍在空中飛舞着，國王連忙下拜，羣臣叩頭。行者揮手叫四條龍回去，國王也準備讓三藏師徒離開了。

可是，那三位國師還高叫着：「不能放行！」

拾玖　智鬥三妖仙

那虎力大仙還是苦苦要求國王，讓他與唐僧再來一個比賽，一較高低。國王耳朵又軟了，便依從他。這比賽叫「雲梯顯聖」，把五十張桌子疊起來成一個台，不許用手攀上，不許用梯子，要各駕一朵雲，到台上坐下，約定幾個時辰不動，誰坐不穩就算輸。

孫行者把自己化成一朵雲，將唐僧托到台上，和虎力大仙對台坐下。那鹿力大仙使用詭計，將腦後頭髮拔了一根，變成一個大臭蟲，彈到唐僧頭上，臭蟲咬得三藏又痛又癢。行者看到了，也變成一條小蟲，飛到上面，趕走了那臭蟲。跟着，他又搖身一變，變成一條七寸長的蜈蚣，鑽到虎力大仙的鼻孔裏，虎力大仙再也坐不穩，一個筋斗翻到台下，幾乎送了性命。

勝負已定了，可是那鹿力大仙又奏說：「國王陛下，我師兄本來就有暗風病，剛才舊病復發，因此坐不穩。和尚如果有功力，和我賭一賭隔板猜物看看。」那糊塗國王又答應了。

國王便叫人把一個紅漆大櫃抬到殿上。皇后先在裏面放了一些東西，讓他們來猜。行者叫唐僧不要慌張，他會在他耳邊告訴他，行者變成一條小蟲，鑽到櫃裏，看見裏面放的是皇后的禮服。他喝聲變，把它變成了一件破爛的斗篷。到那鹿力大仙猜時，他說是皇后的禮服，但是唐僧說是破爛的斗篷，結果唐僧猜中了。

鹿力大仙不服氣，國王便親自把御園的一顆仙桃放在裏面。孫行者悄悄化成一條小蟲，鑽了進去。仙桃本來是他心愛之物，他一下就把它吃得只剩下一個核。到了比賽的時候，鹿力大仙肯定地說是仙桃，唐三藏說是桃核。打開櫃來一看，果然是桃核。鹿力大仙垂頭喪氣，國王也吃驚，說：「我分明是把仙桃放進去的，怎麼變成了桃核，可見有鬼神幫助他們。國師，你們就放過這些和尚吧。」

虎力大仙這時精神已恢復了，他哪裏肯放過他們，他對國王出謀獻策說：「讓我把東西放進去。這一次我放的是人，任憑這和尚怎麼施法術，也變不了的。」他就把一個小道童放進去。

孫行者變成一條小蟲，鑽進櫃裏，然後變成了虎力大仙的樣子，對小道童說：「這次我和那和尚鬥法，他已把你猜了出來。你得幫助我，變成一個小和尚，那他就猜錯了。」小道童說：「可怎麼變呢？」孫行者說：「我有辦法。」於是就拿剃刀出來，把他的頭剃光了，又給他穿上了和尚袍，交給他一個木魚說：「等會兒有人說『小道士出來』，你就別出來，聽到說『小和尚出來』，你就敲着木魚，唸着阿彌陀佛走出來吧。」小道童答應了。

一會兒，比賽開始了。虎力大仙十拿九穩地說：「裏面是小道童，小道童出來吧！」連叫三聲，不見有人走出來，孫行者一聲叫：「小和尚出來！」櫃子裏就走出一個小和尚來，手上的木魚敲得卜卜響，嘴裏還唸着阿彌陀佛呢。

虎力大仙輸了，可是他還不服氣，要來一個最劇烈的比賽。他說：「我們學過一些仙術。頭砍下來可以再安上去，剖開腹挖了心可以再縫合，還能在熱滾滾的油鍋裏洗澡呢。」孫行者聽了，呵呵大笑說：「我也想耍一耍，好好地在油鍋裏洗個澡呢。」

殺頭，由孫行者先來試。劊子手把他綁住，然後一刀把他的頭砍了下來，還把那頭踢開三四十步。孫行者叫了一聲「頭回來！」可是，那頭給虎力大仙使法術按住，動也不動。孫行者就大喝一聲：「頭，長出來！」一個頭從他的脖子上長了出來，又是一個活生生的孫行者了。

之後，輪到虎力大仙表演了。他的頭被砍下來之後，他也叫「頭回來！」可是，忽然有隻大黃狗走出來，把他的頭一口咬着，跑得無影無蹤。那虎力大仙脖子上冒出鮮血，倒下地來，現出原形，變成一隻沒有頭的黃色斑斕大虎。那隻大黃狗，就是孫行者的毫毛變的。

國王這一次嚇得手足無措，那鹿力大仙說：「國王陛下，和尚使用妖法，把我的師兄變成老虎。我還得和他鬥法，破他的妖術，叫他快破開胸膛，挖出心臟來！」

孫行者便昂然走出來，給那劊子手把他的肚皮割開，然後他將自己的內臟端了出來，笑吟吟地把它略加整理，再放回去。喝一聲：「合！」那肚皮又合攏起來，連一點傷痕都沒有。

那鹿力大仙也站了出來，一樣把肚皮割開，挖出一副腸臟來，這時孫行者神不知鬼不覺地拔了一根毫毛，變成一隻飛鷹，從天而降，把那副腸臟抓了就飛。鹿力大仙抓不回腸臟，倒地現出原形，原來是一隻鹿，直挺挺地死了。

那羊力大仙勃然大怒，說：「國王陛下，這和尚又用妖法害死我的師兄，我一定要報仇，問他敢不敢下油鍋去。」孫行者說：「這兩天我皮膚癢癢的，浸一下正好呢。」

一鍋燙熱的油燒好了。孫行者跳下去，好一會兒才上來，並不見燙傷皮肉。那羊力大仙跟着也跳了下去。行者看見他若無其事似的，便伸手到油鍋裏探一下，原來油是冷的。

那羊力大仙早有準備，暗中放一條冷龍在鍋底。孫行者到雲頭上把龍王叫來，命令他把冷龍趕走。冷龍一去，羊力大仙再也站不住，跌到油裏，變成一堆羊骨了。

　　這一次比賽嚇得殿上的大臣和御林軍都戰戰兢兢，那糊塗國王也震驚起來，知道誤信了妖怪，三藏勸他要重新優待僧人。國王向三藏師徒們道歉，讓他們過關了。

貳拾

勇救男女童

不覺又是秋天，星月交輝之夜。三藏師徒四人到了一條寬闊的大河邊。河邊的石碑上寫着三個大字：通天河，下面又寫着「河寬八百里，自古少行人。」

他們正想着如何渡河，忽然聽到村子裏有人做佛事的聲音，他們就想，不如先進村裏借宿一晚，再想辦法渡河吧。他們走到做佛事的人家那裏，這人家有兩位老人接見他們，原來他們是陳姓兄弟倆。三藏問他們是做佛事來超渡亡靈麼，他們唉聲歎氣地說：「不是超渡亡靈，是超渡我們活着的兒女。」他們一面流着淚，一面告訴三藏：通天河邊有一座靈感大王廟，每年，村民都要輪流獻一個男孩、一個女孩作為祭品，才能求到雨，使農作物有好收成。今年，就輪到哥哥的兒子陳關保和弟弟的女兒一秤金了，所以就給他們先作佛事，求他們早日超生。

孫行者聽了，非常氣憤說：「神明吃孩子！真是豈有此理，八戒，我和你變作男女小孩子，對付他去！」

當晚，村民照樣到廟裏拜神，把行者和八戒變的男女孩放在一個盤子裏，擺在供桌上等靈感大王來享用。人們都散去，一陣狂風呼呼響，全身黃金盔甲的妖怪出現了。他問：「你們叫什麼名字？」孫行者笑着說：「我叫陳關保，她叫一秤金！」那妖怪有點奇怪，以往他向孩子問話，孩子都慌得不敢回答，為什麼這個孩子膽子那麼大呢？於是他又說：「好，那我就先吃你！」行者一點也不在乎，說：「那就請大王享用吧！」那妖怪聽了，更不敢動手了，就說：「年年我都先吃男孩子，今年我偏要先吃女孩子！」

八戒慌了，連忙說：「請大王不要破壞規矩，還是先吃男孩子吧！」妖怪再不答話，伸手就去抓八戒。八戒立刻現出本相，拿起九齒釘鈀，向妖怪揮過去，「噹」的一聲，妖怪的盔甲被砸破了，掉了兩片下來，原來是魚鱗。孫行者也現出原形來助戰，那妖怪本來只是來吃人的，沒有兵器隨身，連忙化作一陣狂風走了。

妖怪被打敗了，村民都非常高興，陳家兄弟對三藏師徒更感激不盡。

那妖怪敗回通天河底的宮殿裏，十分沮喪，和手下商量對策。他的手下說：「大王，不如使用妙計，活捉唐僧來吃，比吃那男孩女孩好得多呢。」於是他們定下計謀，一連三天，飄下大雪，讓通天河都結了冰，好像一片琉璃。

第四天一早，唐三藏師徒四人辭別陳家兄弟，來到通天河邊，一看，河水已經結冰，冰上還有人在行走，他們喜出望外，滿以為就可在冰上走着趕路了，便馬不停蹄地走了一天一夜。雪越來越磅礴，風越來越猛烈，忽然河底「啪啦」一聲，厚厚的冰層裂開了一條大縫。孫行者機警地跳到半空中，其餘的三個人和白龍馬都掉到水裏。八戒、沙和尚和白龍馬都是懂水性的，他們分開水路，回到岸上，卻發現師父不見了，他們只好回到村子裏。

孫行者知道唐三藏給河妖捉了去，便和八戒、沙和尚到通天河上找尋。行者對八戒和沙和尚說：「我呢，在岸上作戰可以使出本領來，可是，到了水底，我要唸着咒語，或者變成魚蝦之類，才能活動，哪能使弄金箍棒呢！我看不如八戒馱我到水裏吧。」八戒聽了，心想，你這位弼馬溫師兄，常常捉弄我，這一次可是我捉弄你的好機會，便連聲說「好！好！」可是他這詭計也給行者看穿了。他拔了一根毫毛，化成自己給八戒馱着。他自己卻變成一隻豬蝨，躲在八戒的耳朵裏。八戒走呀走的就故意向前一跌，那根毫毛化身的行者跌得無影無蹤。沙和尚說：「哎唷，大師兄不見了！」豬八戒說：「管他呢，我們救師父要緊，繼續前進吧！」沙和尚說：

「不！找不到大師兄，我不跟你去！」

這時，突然傳來孫行者的聲音：「悟淨，老孫在這裏啊！」那豬八戒慌得跪下來說：「大師兄，不要見怪，打敗了妖怪，我再向你賠罪吧！」孫行者說：「怪你什麼，你一直都在馱着我呢！快快走吧。」

他們走了一百多里，看見水底有一座樓台，寫着「水黿之第」四個大字，行者便變成一隻長腳蝦子，跳進大門。他看見大殿裏，那妖怪正和小妖商量怎麼吃唐僧肉。他便問身邊一隻大肚蝦婆說：「唐僧現在在哪裏？」蝦婆說：「大王把他關在殿後的石匣裏。等到明天，他的徒弟不來搗亂，大王就能好好的享受了。」

孫行者來到石匣旁邊，聽見唐三藏正在裏邊嚶嚶啜泣。行者安慰師父，叫他等待救兵，然後就轉身出去，叫豬八戒和沙和尚向妖怪挑戰，並要詐敗引他到岸上來，他自己就在岸上準備等着妖怪。

八戒和沙和尚依照行者的計策，把妖怪引到水面。孫行者拿起金箍棒，迎頭便打。那妖怪不是孫行者的敵手，打了三個回合就敗回水裏，無論八戒和沙和尚怎樣挑戰，就是不開門。

時間已不容久等了，孫行者只好又到南海落伽山向觀音菩薩求助。觀音菩薩這時正在紫竹林裏削竹片編竹籃呢。行者笑着說：「原來菩薩也要做家務。」觀音剛把一個竹籃編好了，說：「我早算到你一定來求救的。現在我和你走走吧。」觀音就和孫行者一起騰雲駕霧到通天河，觀音把竹籃放到河裏，唸起咒語來，然後輕輕把竹籃提起來，裏面有一條活生生的金魚。觀音說：「這就是在這裏作怪的金魚精，他原來住在我的蓮花池裏的，趁我不覺，就出來作怪了。」

跟着，八戒和沙和尚就到河底解救唐三藏，孫行者把村民都集合起來，瞻仰觀音菩薩的真身。觀音在五色祥雲之上，提着一個有金魚的魚籃。據說，以後世上畫的提籃觀音，就是這時的寫照哩。

觀音離開後，唐三藏師徒正愁着沒有現成的船渡河，一隻巨型的老黿從河裏走出來，說：「我是河裏的老黿，九年前，那魚怪霸佔了我的住宅，現在你們把他趕走，讓我十分感激。我來馱各位過通天河吧！」師徒們就牽着馬和行李，到黿背上過渡了。

八百里的通天河，只一天就安安穩穩的渡過了。三藏雙手合十對老黿說：「謝謝你，可惜我們沒有東西送給你啊！」老黿說：「不敢當！不敢當，我只求師父答應我一件事。師父到西天見了如來佛，請問問他，我已修行了一千三百多年，什麼時候才能脫了厚殼，成個人形呢？」

三藏答應了他，老黿就滿意地擺尾而去，三藏等也就繼續上路。

貳壹 三借芭蕉扇（上）

過了一天又一天，已到了深秋季節。照理是天氣逐漸變涼的，可是唐三藏他們卻越走越熱，一天到晚，總熱得汗如雨下。他們到了一個村莊，孫行者在街上買一塊蒸糕吃。那小販把糕放在他的左手，燙得他立刻把糕拋到右手，拋來拋去，也還熱得要命。行者說：「太熱了！」那小販說：「怕熱就別到我們這裏來！」

行者找到一個老人，老人告訴他，離這裏六十里遠有一座火焰山，是往西方必經之路。那裏有八百里的火焰，周圍寸草不生，一年四季都是大熱天，想通過這座山，就是銅皮鐵骨也要溶成汁呢。

行者說：「既然寸草不生，為什麼你們又能種得出稻穀呢？」那老人說：「我們年年都備好美酒、山珍海味和水果，去求翠雲山上的鐵扇仙。她有一把芭蕉扇，搧一下火就熄滅，搧兩下就生風，搧三下就會下雨。你們想走過去，除非向那芭蕉仙借得芭蕉扇。」

孫行者馬上跑到翠雲山上去，遇到一個樵夫，向他打聽鐵扇仙在哪裏。那樵夫說：「沒有鐵扇仙，只有鐵扇公主，又叫羅剎女，是牛魔王的妻子。」

孫行者聽了，暗叫：「不好了，這回又遇到冤家了。牛魔王雖然是我從前的結拜兄弟，但是他的兒子紅孩兒在火雲洞曾把師父捉去。我為了救師父，請來觀音菩薩。菩薩把他帶到落伽山，做了善財童子。可是牛魔王和鐵扇公主一定恨死我的，怎麼肯把芭蕉扇借給我呢？」

可是，無論如何，他總得去試一試，他走到芭蕉洞口，告訴守洞口的小妖，說孫悟空特地來向鐵扇公主借芭蕉扇，保護唐僧過火焰山。

那鐵扇公主一聽孫悟空三字，馬上無名火起，提着一對青鋒劍出來，說：「孫悟空，你別妄想借扇子，先嘗嘗老娘的利劍吧！」

孫悟空說好說歹，鐵扇公主總是不理。孫行者就說：「既然嫂嫂要殺我，那就請隨便砍殺，可是殺我不死，就仍請把扇借給老孫啊！」他伸長了脖子讓鐵扇公主用利劍猛砍，砍了幾十下，悟空卻絲毫無損。鐵扇公主慌了，掉頭就走。孫行者使出金箍棒，兩人大戰起來。鐵扇公主漸漸不敵，最後，她拿出芭蕉扇對着行者搧了一搧，把他搧到半空中，越飄越遠。

飄啊飄啊，最後，孫行者終於像一片葉子般落到地面上來，他已從晚上飄到天亮了。他睜眼一看，那地方是小須彌山。他記得那裏有一位靈吉菩薩，就走去看他。靈吉菩薩送給他一顆定風珠。行者有了這一顆珠，又駕着筋斗雲，回到翠雲山，再敲芭蕉洞的大門，叫着：「開門，快開門，把扇子借給老孫！」

鐵扇公主嚇了一跳，心想，大概搧一搧太輕了，便走出洞門，不問三七二十一，拿起芭蕉扇就向孫行者一連搧了幾搧。可是孫行者卻紋風不動地站在她面前，穩如泰山。鐵扇公主更害怕了，立刻逃回洞裏，牢牢地關上洞門。

孫行者卻不慌不忙，搖身一變，變成一隻小蟲，從門縫裏鑽到洞裏去。鐵扇公主正要喝茶，這小蟲就飛到她的茶杯裏，鐵扇公主沒有察覺，咕嚕咕嚕，連茶帶蟲，一起喝下肚裏去。

鐵扇公主喝過茶，就聽到孫行者的聲音說：「嫂嫂，你還沒把扇子借給我呀！」她不禁大驚起來，問小女妖們說：「大門關緊了沒有？」小妖說：「都關緊了！」鐵扇公主說：「門都關緊了，孫悟空怎麼在這裏面說話呢？」

孫行者打着岔說：「我就在你的肚子裏面玩耍着呢。」

他把腳往下一蹬，鐵扇公主痛得站也站不住；他把頭往上一頂，鐵扇公主痛得在地上亂打滾，急得大叫：「孫叔叔饒命，我把扇子借給你就是了！」

鐵扇公主叫小女妖把芭蕉扇拿出來，孫行者叫她張開口，仍舊變成一條小蟲飛了出去。鐵扇公主把扇子交給他，他高高興興地謝過鐵扇公主就走了。

唐三藏看到孫行者借到扇子，十分高興，帶着豬八戒、沙和尚一起繼續趕路，走了四十里路，越走越熱。行者就叫大家停下來，他跳到對面山崖，舉起扇子來搧滅那火焰山上的火焰，哪知道搧一搧，火焰竟高出百倍，再一搧，火焰足有一千丈高，熊熊的烈火把他包圍起來，他急忙從火中跳出去，可是屁股上的毫毛已經燒光了。

行者再也顧不得自己，趕快和八戒等保護唐三藏急急往後退了二十多里。離開了烈火，他叫着：「被騙了！被騙了！」

一個土地公公聞聲走了出來，告訴他說：「大聖，那鐵扇公主最聽她的丈夫牛魔王的話。你們既是老相識，何不去找他呢？」

行者說：「牛魔王在哪裏？」

土地公公說：「他在積雷山摩雲洞，住在狐狸精玉面公主那裏，你快點去找他吧。」

孫行者二話沒說，一個筋斗雲就到了積雷山，敲着摩雲

洞的門，叫牛魔王出來。牛魔王出到洞外，孫行者便把來意告訴他。

牛魔王卻十分惱怒地說：「你欺負了我的妻子，還來哄我，有本事和我打三個回合，你打贏了，我就借扇子給你。否則打死無怨！」行者拿出金箍棒，和他打起來，正在勝負不分的時候，忽然山上有人叫着：「我大王請牛爺爺吃酒，請快來吧！」牛魔王就對行者說：「我現在要赴朋友的宴會，以後再和你較個高低吧！」說完，就騎上「辟水金睛獸」往西北方飛去了。

行者哪裏肯就此罷手，他化成一陣清風，一直跟着牛魔王。到了一個山谷，谷內有一個水潭，牛魔王騎着那辟水金睛獸跳下去。孫行者也變做一隻螃蟹，跳進水裏。原來，牛魔王正和那老龍精在亭子裏飲酒呢！

孫行者頓時計上心頭，他把牛魔王的辟水金睛獸解開了，自己變成牛魔王的樣子，騎着那金睛獸，到了翠雲山。

鐵扇公主以為牛魔王回來了，連忙迎接他進來，和他一起喝酒，又向他訴說孫行者怎樣鑽到她的肚子裏，幸虧她用假的扇子騙了他。假牛魔王便說：「夫人，你的扇子在哪裏，提防那潑猴再來騙你。」鐵扇公主從口中吐出一片樹葉那麼小的扇子，交給假牛魔王，說：「扇子不是在這裏麼？」假牛魔王問她說：「這麼小的扇子，怎麼能熄火呢？」鐵扇公主說：「你可真醉了，怎麼忘記了那使扇子變大的咒語呢。」

說着就笑嘻嘻地把那咒語唸出來。孫行者把咒語記住了，跟着就把小扇子塞到口裏，把臉一抹，現出原形，說：「你看看我是誰？」在鐵扇公主的驚叫聲中，他邁開步走出洞口，駕雲走了。

孫行者十分高興，就唸起咒語，那芭蕉扇果然一變就有一丈二尺長，扇面還閃着金光呢！

可是，孫行者高興得太早了，他只問了扇子變大的咒語，但沒有問那縮小的咒語，他只好揹着那大扇子向火焰山走去。

牛魔王很快就發現坐騎被偷，扇子被騙，就化成一朵烏雲，追了上去。

貳貳　三借芭蕉扇（下）

牛魔王化成一朵烏雲，飛快地趕到孫行者後面。他看到孫行者扛着那把芭蕉扇，真恨不得把行者一把擒住。可是他一想，正面和行者衝突還是不行，萬一行者把扇子一搧，他便會被搧到四萬八千里遠了，還是以智取為好。於是他搖身一變，變成豬八戒，搖搖擺擺地向孫行者走來，說：「師兄，你辛苦了一天，拿到那芭蕉扇，就讓我來扛着去見師父吧。」孫行者正在洋洋得意的時候，失了警惕性，想也不想就把扇子遞給牛魔王。牛魔王把扇子接過，唸了幾句咒語，扇子又縮小了，他一面把扇子放入口裏，一面抹了抹臉，現出本相，開口就大罵說：「潑猢猻，認得我麼？」

孫行者一看，十分懊悔，暗叫着：「我年年打雁，這回卻被小雁啄了眼睛！」他發起威來，向牛魔王追殺，兩人打得天昏地暗，日月無光。正在這時，真的豬八戒受了唐三藏之命，去接應師兄，他知道牛魔王變成他把扇子騙去，便十分惱火，舉起釘鈀，協助行者作戰。牛魔王敵不過他們，急忙抽身，卸下盔甲，一晃就不見了。豬八戒瞪着眼睛看，孫行者笑着說：「八戒，老牛飛了！」八戒也還不知道他飛到那裏，孫行者指着天空上的一隻天鵝說：「那不就是老牛麼？」

豬八戒還不知怎麼辦，孫行者說：「那就看看老孫來和他賭賭變化吧！」說着，他就變成一隻老鷹，撲在天鵝身上，伸着那尖鈎似的嘴，要啄天鵝的眼睛。牛魔王就抖抖翅膀，降到地面，變成一隻大熊，但是行者一打滾，變成一隻大象，提起鼻子，要把大熊捲起來。牛魔王笑了一聲，就現出他的原形，原來是隻大白牛——頭如峻嶺，眼如閃電，兩隻角好像兩座鐵塔，牙齒像兩排利刀。身長一千多丈，高八百尺，向行者吼着：「潑猢猻，你敵得過我麼？」

孫行者也把腰一弓，喝一聲「長！」他馬上長成一萬丈高，頭如泰山，眼如日月，口像血池，牙像門板，手舞着金箍棒，迎頭就打。牛魔王也鼓足勇氣，用角向行者衝過來，兩人各顯神通，打得震山撼嶺，驚天動地，引來了天上的神仙都來觀看，把牛魔王團團圍住。牛魔王急了起來，連忙逃回芭蕉洞去。孫行者也回復本相，和諸神追到翠雲山。

行者一點也不放鬆，使出金箍棒，把芭蕉洞的洞門打碎，牛魔王怒沖沖地衝出來，突破諸神的重圍，剛衝開一個缺口，忽然來了托塔李天王和哪吒，擋住了去路。原來，他們父子是奉了玉皇大帝的命令前來助戰的。

牛魔王見他們來勢洶洶，就變成原身大白牛，猛闖過去，哪吒則變成三頭六臂，威風凜凜地跳到牛魔王的背上，舉起斬妖劍向牛頸一揮，牛頭就應聲落地了。可是，當哪吒和行者打招呼時，牛頸上卻又長出一個新的牛頭來，哪吒再斬，它再長，一連長了幾十次。哪吒便把他腳踏的風火輪掛在牛角上，吹起真火，烈烈烘烘，把大牛燒得狂哮大叫。那大牛正要化身逃走，卻給托塔李天王用照妖鏡照住了他的本像，絲毫不能動彈，他只好哀求說：「不要殺我，我情願聽話，把扇子拿出來了。」哪吒說：「扇子在哪裏？」牛魔王說：「扇子正在我的妻子那裏收藏着哩。」鐵扇公主慌忙把扇子交出來，說：「請天神饒過我們夫妻吧。」

行者接過芭蕉扇，送走諸神，回到火焰山邊，把寶扇一揮，火焰馬上熄滅；再一搧，煙霧消散，清風徐來；第三搧，雲霞飄飄，細雨霏霏。那鐵扇公主在旁邊看了，說：「你們饒了我們夫妻性命，我們今後一定改邪歸正，好好修煉，請把扇子還給我吧！」行者說：「火滅了之後，明年又會再燒起來的。你得把那斷絕火根的方法告訴我，這才是造福地方，拯救生民的道理。」鐵扇公主說：「你只需連搧四十九下就行了！」

孫行者就拿起扇子，對着火焰山一連搧了四十九下，果然大雨淙淙，涼風習習。最神奇的還是有火處就下雨，無火處就天晴，可真是一把寶扇哩！

火熄了，孫行者便把芭蕉扇交還鐵扇公主，又跟着唐三藏，朝着西天之路進發了。

貳叁 彌勒佛的道童

唐三藏師徒在往西方的路上，遇到魔怪，便制服他們。寒來暑往，不久又是薰風南來的夏天。前方出現了一座高聳入雲的青山，在淡淡的雲霧中，寶塔和高樓隱約可見，在陣陣的清風裏，誦經的聲音和鐘鼓的聲音不斷傳來。唐三藏禁不住勒住馬韁諦聽着，他問孫行者説：「我們已到天竺了嗎？」

孫行者用他的火眼金睛一看，説：「師父，這裏雖然跟雷音寺相似，但是裏面卻有一股邪氣。再説，我們雖然走了許多路，也只不過走了一半，天竺國還遠呢。」

説着，他們很快就到了一座莊嚴的寺廟面前。那寺廟前面掛着一塊匾額，寫着「小雷音寺」幾個字，唐三藏連忙下馬。門裏傳來一把聲音：「唐玄奘到了佛地還不下拜嗎？」唐三藏就不顧孫行者的阻攔，帶領八戒和沙和尚進到廟裏，裏面坐着五百羅漢和許多菩薩，三藏低頭便拜。

殿上的佛祖忽然猛喝說：「孫悟空，為什麼見到如來還不下跪？」孫行者圓睜了金睛火眼，一看就喝他：「你們這些妖怪竟敢假冒佛祖，看棍！」一聲吆喝，周圍的神聖都現出了原形，原來都是一窩妖怪。豬八戒和沙和尚一時措手不及，和三藏一起被捉住了。

行者正要上前救他們時，忽然聽到「叮噹」一聲，從半空中掉下一個金鐃，把行者夾在裏面。這金鐃非常厲害，用金箍棒打也打不開，而且能伸能縮。孫行者把身體變成千百丈高，它也長得千百丈高；孫行者把身體縮成一粒蘿蔔種子那麼小，它也跟着縮小，密得一點縫兒也沒有。

孫行者急了，唸起咒語把滿天星斗的二十八宿叫來，他們也無能為力。星宿中有位亢金龍有很尖硬的角，他拚命把角拱到鐃裏，可是一到鐃裏，鐃又緊緊地把角夾起來，一線的縫也不留。

孫行者說：「亢金龍，請你忍一下痛吧！」他化成一條小蟲，鑽進亢金龍的角裏，亢金龍拚死拚活地把角抽了出來。孫行者就從角裏鑽出來，現出原形，發起狠來，拿出金箍棒，把那金鐃打成千百塊碎片。這一來，那妖王給驚動了，就揮起狼牙棒，和行者大戰起來，打了許多個回合，都不分勝負。

山上的神都趕來協助孫行者，把妖王團團圍住。妖王卻毫無怯意，他從腰上解下一個布袋來。行者眼明腳快，迅速避開。眾神躲避不及，都被他收到布袋裏。妖王得勝，就呼嘯着離開了。

行者看見妖王的法寶層出不窮，正在想辦法對付，忽然，一朵彩雲從天而降，原來來者是笑和尚彌勒佛祖。他說：「我是來幫助你收妖的。這妖王是給我敲磬的黃眉童子，他的狼牙棒是敲磬的槌子，口袋是我的乾坤天地袋，他這樣胡作非為，我非得教訓他不可呢。」

彌勒佛一指，地下出現了一塊瓜田，孫行者變成一個圓滾滾的西瓜。不一會，那妖王追殺孫行者不見，就一直走到瓜田來，看見一個老公公笑嘻嘻地守着瓜田。他正覺得口渴，那老公公手捧着一個香噴噴的瓜送給他。妖王接過來，張大口就吃，待他吃完瓜後，孫行者就在他肚子裏翻筋斗，痛得他滿地打滾。彌勒佛就現出了原形，說：「畜牲，你還不認罪麼？」那妖王只好跪在地上哀求饒命。孫行者這才化成小蟲，從他的嘴裏飛出來。

孫行者救回師父，放出諸神，笑和尚彌勒佛也收回他的寶貝——乾坤如意袋和木槌。可是，那金鐃卻已給行者打碎了。彌勒佛命令那妖王——黃眉童子把金鐃的碎片撿起來，放在佛殿的蓮花台上。

唐三藏師徒拜別了彌勒佛，再往西行，回頭一望，那千百片碎片又合起成為一個完整的、閃着光的金鐃，握在彌勒佛的手裏。那黃眉童子規規矩矩地跟在後面，和彌勒佛一起升到空中去了。

貳肆

鵝籠裏的孩子

唐三藏師徒等披星戴月，又走了幾個月，來到一個城市裏。他們發現一個奇怪的景象——城裏家家户户，門口都放着一個鵝籠，上面罩着五彩錦緞。孫行者想知道鵝籠裏面是什麼東西，就化成一隻小蜜蜂，飛到籠裏去。可是，到籠裏一看，就更覺得詫異了，原來籠裏面裝着的都是五六歲的小孩子。

他們到驛館投宿，便問那驛丞這是怎麼一回事。驛丞起初不肯說，後來經過他們央求，才把真相告訴他們：

「這裏原叫做『比丘國』，現在已被民間改稱為『小兒城』了。原來三年之前，有一個道士到來，把一個漂亮無比的少女獻給國王。這少女得到國王的寵愛，被封為『美后』，那道士也被封為國丈。國王天天和美后喝酒取樂，身體越來越虛弱，御醫們都束手無策。那國丈獻出一條仙方，而這條仙方卻要一千一百一十一個小孩的心來煎湯的，説喝了可以益壽延年。那國王完全給迷住了，就向民間要這些孩子。誰敢違背他呢？你們到朝廷上換關文，千萬不要提這事，免生意外啊！」

唐三藏聽了，不禁流下淚來。孫行者安慰他説：「師父，我有辦法。我先把鵝籠裏的小孩全部攝到城外去，等他們明天挖不到小孩的心，然後找他們理論就是了。」於是，他唸起了真言，把土地山神都召來。他們颳起了一陣狂風，霎時天昏地暗，那些鵝籠都給吹得無影無蹤，小孩都被吹到城外山坳裏給天神們妥善照顧了。

到了第二天早上，三藏要上朝拜見國王，換領關文，行者説：「師父，你一個人前去，怕不安全，我暗裏跟着你吧。」他就變成一條小蟲，躲在三藏的帽頂上。

比丘國國王接見了唐三藏，他精神萎靡，説話上氣不接下氣，果然是身帶重病。三藏正想問他那些小孩子的事情，忽然殿門外傳來了「國丈爺駕到」的聲音，國王立刻扶着侍臣的肩膀，站起來躬身迎接。一個黃袍道士大搖大擺的走了進來，大模大樣地坐在國王旁邊，三藏對他施禮，他也不回禮。國王便叫人在光祿寺安排素齋，招呼唐三藏，然後讓他先走了。

但是，變做小蟲的孫行者，卻仍然留在殿上。

這時，兵馬官向國王啟奏，全城的鵝籠都給一陣陰風吹走了。國王大驚失色說：「這真是天亡我也！」

那國丈卻笑着說：「陛下不必煩惱，這都是天賜長生給陛下。那小兒的心，只能使陛下活上千年，而剛才那和尚是十世修行的高僧，用他的心做藥引*，卻可以活上萬年啊！」

國王一聽，心花怒放，便派兵把驛館包圍着，要把三藏捉回來。

行者飛回驛館，三藏已給嚇成一團。行者說：「師父別怕，我有一法，叫『若要好，大做小』。」三藏說：「這是什麼意思？」行者說：「就是師父做徒弟，徒弟做師父。」三藏說：「好吧，你若救得我的性命，我情願給你做徒子徒孫呢！」行者就唸起咒語，把自己變成唐僧，又向唐僧面上吹了一口仙氣，唐僧也就變成孫行者了。

正在這時，御林軍進來，把唐三藏請到朝上去，一路上警衛森嚴。假三藏到了金鑾殿，國王和國丈都坐在那裏等他。這個假三藏大聲的向國王說：「陛下要貧僧到來，有何要事？」

國王陪着笑說：「我得了重病，幸得國丈開給我一條仙方，想借用長老的心肝來做藥引。」

***** *藥引：中醫開藥方時，除了主藥之外，通常還有副藥，用來引導主藥到達病患處，稱為藥引。*

假三藏說：「沒問題，心我倒有幾個，不知陛下要的是什麼顏色的心？」

國丈就在旁邊插嘴說：「要你的黑心！」

假三藏面不改容的說：「那麼，快拿刀來，剖開我的胸膛，若有黑心，一定奉送！」國王就命人把一把牛耳短刀拿來，假三藏接過刀，解開衣服，「嘩啦」一聲，剖開胸膛，立刻滾出一大堆心來，把滿朝文武都嚇得心驚膽戰，面如土色，假三藏把那些血淋淋的心，一個個撿起來給大家看，都是一些紅心、黃心、白心，就是找不出一個黑心來。國王也嚇得戰戰兢兢說：「趕快把這些心都收回去吧！」

孫行者再忍不住了，他馬上一抹臉，露出本相，對國王說：「陛下全無眼力！我們出家人都是一片好心。惟有你這個國丈才有黑心，不信我取出來給你看看吧。」

那國丈一看，認出這是五百年前大鬧天宮的齊天大聖，嚇得駕雲便逃。孫行者也跳到空中，拿出金箍棒和他大打起來。這道士終不是行者的敵手，打了幾個回合，就化成一道寒光，到宮裏把那「美后」帶走，逃得無影無蹤了。

那國王這時才如夢方醒，問過了孫行者，便使人把唐三藏接到殿上來，親自向他請罪。

孫行者卻說：「打妖怪要斬草除根，你們在這裏等着我吧。」他又騰雲駕霧上了天，一會兒，抓着一隻白鹿和一隻白面狐狸回來，說：「國王陛下，這就是你的國丈和美后，他們都給我制服了。」

這時，空中又傳來土地神的聲音，說：「大聖，你已經除了妖怪，我們把鵝籠和孩子送回各家去了。」

不久，大家聽到各家重見孩子的歡樂聲，在那歡樂聲中，三藏師徒又踏上新的旅程。

貳伍 殺和尚的國家

離開比丘國，唐僧師徒四人繼續西行。已至夏季，南風習習，梅雨絲絲。忽然，柳林中走出一個老婆婆來，對唐三藏高叫說：「你們快撥轉馬頭向東方吧，西去是一條死路啊！」三藏連忙跳下馬來，問她：「老人家為什麼這樣說呢？」那老婆婆說：「再過五六里，就是滅法國。那國王立下一個毒願，要殺一萬個和尚。到現在已殺了九千九百九十六個，你們四位前去，正好湊夠這個數了。」三藏聽了，害怕起來。一抬頭那老婆婆已經不見了。

孫行者說：「師父別怕，這是觀音菩薩化身來向我們報信，讓我們想辦法克服困難，我們什麼妖魔鬼怪都鬥過，什麼龍潭虎穴都闖過了，這些不過是凡人，怎能難倒我們呢？現在我先到城裏打聽清楚，八戒和沙師弟好好保護着師父吧。」

天色漸漸暗起來，孫行者就變成一隻小小的燈蛾，飛到滅法國的大街上。他看見有一家門口，掛着一個燈籠，燈籠上面有「王小二店」幾個字，就知道這是客店。在裏面，有六個客人，剛剛吃過晚飯，洗過澡，脫了衣服，準備休息呢。

店主王小二是一個細心的人，他對這幾個客人說：「這裏來往的人很多，大家的衣物行李，都得小心。」那幾個人說：「對！就請你代我們收藏着這幾套衣服，早上再交還給我們吧。」

王小二把他們的衣服放在一個包袱裏，回到自己房間，交給妻子保管。小二的妻子夜裏對着油燈縫補衣服，孫行者再也沒有耐性等下去，他變成的飛蛾便撲到燈上，把燈弄熄。小二妻子摸一摸包袱已經不見，大喊起來：「不好了！老鼠成精啦！」

那孫行者卻正正經經的說：「明人不做暗事，王小二，不是老鼠成精，是齊天大聖臨凡，路過貴境，借衣服一用，出了城就奉還的！」他就把包袱拿走了。

孫行者把衣服拿到路上，給唐三藏、豬八戒和沙和尚穿上，跟着又戴上頭巾，把光頭遮住了，看不出是和尚。行者說：「我們進城裏，先找個客店住下來，明天天沒亮就偷偷溜出城去好了。我們到旅店住，就說自己是賣馬的商人。我們再不要叫什麼師父和徒弟，就叫唐大官兒、孫二官兒、朱三官兒、沙四官兒吧。」

說完後他們就進了城，也沒有人認出他們，他們找了一家小客店，就進去了。客店的主人是一個老婆婆，聽說他們是馬販子，就招待他們進來，弄飯菜給他們吃。吃過飯，行者說：「我們在哪裏睡？」那老婆婆說：「就在樓上那大房子吧，那裏又通風又光亮。」唐三藏聽了，便在行者的耳邊說了幾句悄悄話：「我們睡着了可能露出光頭來，給那收拾房間的店小二看見就糟了。」孫行者便對那老婆婆說：「我們不要那光亮的房間，朱三官兒有風濕病，沙四官兒有肩周炎，唐大官兒喜歡在黑處睡覺，我的眼睛也怕光，能找一間密不透風的房間給我們麼？」

那老婆婆想了一會，說：「黑沉沉的房間我沒有。我先夫是個木匠，他曾經造了一個四尺闊七尺長的大木櫃，你們幾個人都睡得下，不知你們覺得怎樣？」

孫行者連忙點頭答應。那老婆婆叫人把木櫃抬到天井來。孫行者就和唐三藏、豬八戒、沙和尚都睡到裏面，又把蓋子蓋上了。

經過一天的奔波，大家都很疲憊，不一會兒，就都睡着了，只有孫行者卻還醒着。他覺得自己好像在演一齣戲，又演得蠻成功哩。他還想高高興興的演下去，就伸手把八戒的腿擰了一下。八戒哼哼唧唧的說：「睡了吧，辛辛苦苦的，有什麼心情擰手擰腳？」那頑皮的行者還在搗鬼，說：「我們原來只用五千兩銀買了馬，現在賣了一萬兩，可真是一本萬利啊！」但八戒已呼呼入睡了，根本就不理他。

可是，行者說的話給店小二聽見了，店小二是和強盜勾結的，他立即報告強盜說店子裏有身懷萬兩銀子的客人。強盜就糾合了二十多人，到店子裏打劫。他們找不到那幾個客人，只看見天井中有個大木櫃，心想裏面一定是巨大的財富，就把它抬走了。

搖搖櫃子，把櫃裏的師徒們搖醒了。唐三藏吃驚地問是怎麼一回事。行者說：「管他呢，反正有人抬着，讓他們抬到西天，倒省得我們走路呢。」可是賊人並不向西走，卻是往東走。在路上，他們遇上巡夜的東城兵馬長，他們慌得把櫃子放下就走了。那兵馬長看見這個大櫃子，不知是怎麼回事，便準備天亮時上朝拜見國王，請他決定。

在櫃裏，唐三藏埋怨行者說：「都是你這猴兒闖出來的禍。明天，國王打開櫃子，我們豈不是白白送上門，給他殺了湊足一萬之數麼？」行者說：「師父放心，一切都包在老孫身上就是了。」

行者這時就變做一隻螞蟻，爬出大櫃，然後，到了王宮。他拔了許多毫毛，變成無數之多的瞌睡蟲，撒到王宮內及所有大臣的家裏，使所有的人都睡着了。然後他又使出分身法，變成許多小行者，拿着戒刀，把每人都剃成和尚頭。

天亮了，睡在龍牀上的皇后醒來了，她對着鏡子一照，鏡裏卻是一個和尚頭。她嚇得叫起來，把國王吵醒了。國王一看，也大驚起來說：「為什麼你變成這個樣子？」皇后說：「你不也是一個和尚嗎？」國王一摸自己的頭，不禁大吃一驚，跟着，他發現宮裏的男男女女都成了光頭，他禁不住對皇后哭起來：「怎麼辦，這都是我濫殺和尚，現在自己也變成和尚了。」跟着，上朝的時候到了，那滿朝文武都跪在地上請罪，因為他們一個個都變成光頭了。國王說：「大家都沒有犯罪，犯罪的是我，從今我不再殺和尚了。」

說着，東城的兵馬長上朝，報告他昨夜截擊強徒，截回了一個大櫃。國王說：「那就打開看看吧。」

那大櫃抬上來了，一打開，幾個和尚跳了出來。唐三藏說：「我是大唐派到西天取經的和尚，聽說你們這裏殺害僧人，就躲在這大櫃裏，不知道怎麼就弄到這裏來了。」

國王慌得下跪說：「我濫殺和尚，現在受到報應，自己也變成和尚。我願意拜高僧為師，請收下我這弟子吧！」

豬八戒說：「拜師父怎麼不送禮呢？」國王說：「送！送！送！我把全國的財寶都送上。」孫行者說：「我師父是有道行的高僧，不要你的財寶，你給我們換了關文，送我們出城，我們就保你國家永固就是。不過，你這滅法的名字不好，從此改為欽法國吧！」國王就向唐三藏師徒四人稱謝，在光祿寺大擺筵席，款待他們，並送他們出關。從此，滅法國再不滅法，人人都尊敬和尚了。

貳陸 真假公主

唐三藏師徒四人離開欽法國，又經過了幾個國家，打敗了幾個妖魔，來到一座大寺面前。寺門上寫着「布金禪寺」幾個大字。三藏忽然記起來，說：「這不是舍衛國的國界嗎？佛經上說佛祖曾經在舍衛國講過道，把地上的金塊布施給窮人，這舍衛國就在天竺國旁邊，我們快到西天了。」

他們師徒四人高高興興的走進寺門去，寺裏的和尚都來歡迎他們。晚上，一位一百零五歲的高僧特地請唐三藏同遊後花園，看看從前佛祖講道的地方。

這時夜深人靜，明月當空，忽然聽到有一個女子悲悲切切的哭聲。老僧便對三藏說：「我有一件事，請你們幫忙。」唐三藏說：「什麼事呢？」老僧說：「去年今日，我也在這裏賞月，忽然聽到這悲哀的哭聲。我上前觀看，看見一個容貌嬌美的姑娘，告訴我她是天竺國的公主，在月下賞花，給一陣風攝到這裏的。我怕她受壞人侵犯，就築起一間房子，把她關在裏面，只告訴別人說裏面關的是一個女妖。我派人到天竺國打聽，天竺國卻說公主仍在，沒有什麼被風攝去的事。我只好把這姑娘留着，我覺得她是一個善良的人，不像說謊的，現在她又在悲泣了。長老明天就到天竺國，麻煩你去弄清楚是怎麼一回事，好救救這可憐的女子！」三藏聽了，深表同情，說：「貧僧一定記在心上。」

到了第二天，三藏等雞鳴即起，又收拾行李起程，還沒有到中午，就到了天竺國。他們先進到驛站，驛丞見說是大唐來的，便熱情接待。他說：「長老來得正巧，今天是國王的公主二十歲生辰，在十字街頭搭起綵樓，拋繡球招親，全城都非常熱鬧，國王還沒有退朝，你們現在去晉見，還來得及和你們換關文呢。」

唐三藏說：「原來這裏的風土人情也跟大唐一樣。當年我的父親中了狀元，也是給我母親拋繡球打中的。」孫行者說：「那麼我們也去看一下。」三藏說：「我們和尚看這些事幹什麼？」行者說：「你忘記老和尚託我們的事了麼？我正要看看那公主呢。」

孫行者拉着唐三藏走上大街，走到了綵樓下面，忽然一個繡球飛到三藏的光頭上，把他的帽子打歪了。三藏吃了一驚，不由伸出手來，那繡球便滾到他的袖子裏，綵樓上的人齊聲叫道：「打着個和尚了！打着個和尚了！」

三藏又埋怨行者說：「都是你這猴頭捉弄我，叫我怎麼脫身呢？」行者說：「師父，繡球拋中你，可不是我弄的鬼呀。你先別怕，她要招你做駙馬，你就說，叫我的徒弟來，我有話吩咐他們就是了。」

那三藏轉眼已被宮娥們包圍起來，嘻嘻哈哈，請他坐到綵車上，接到皇宮裏去了。

孫行者回到驛站裏，告訴豬八戒和沙和尚：「師父大喜了。」兩個人連忙問什麼事，孫行者把師父被拋中繡球的事說了。豬八戒說：「你為什麼不把我帶到綵樓那裏，一個繡球打着我，公主招了我，豈不美哉！」沙和尚說：「不羞！不羞！打中了，人家也不要你呢！」

正說話間，驛丞進來請他們三人到皇宮去，孫行者便知道這是唐三藏提出的請求。他們來到宮中，國王接見他們，只有唐三藏在座，那公主並沒出來。

國王熱情地叫人設宴招待他們。

三藏悄悄地告訴行者，他曾經向國王提出不答應招親，但是公主卻堅持要嫁給他。國王還威嚇着如不答應，就要殺他，現在距離婚禮只有三天了。三藏說：「這都是你這猴頭弄出來的，你再捉弄我我就唸那緊箍咒了。」

行者連忙說：「師父不要唸緊箍咒。請你忍耐着，到了

婚禮那天，我來參加，辨明公主是人是妖，再把你救出去。」

在宮裏三天，三藏度日如年，那八戒卻天天大宴，吃得差不多什麼都忘記了。

結婚的日子終於到了，公主忽然對國王說：「駙馬那三個徒弟的長相太醜太怪了，我看了都害怕，快快把他們趕走，以免破壞我的大喜事！」

溺愛公主的國王就立刻下命令，叫人把行者等三人送走。

行者讓自己的假身上路，自己卻變做一隻蜜蜂，又飛回皇宮去。婚禮正在進行中，他飛到那作新郎的唐三藏身邊，輕輕說：「師父，我來了！我看清楚了，這個公主是假的。她頭上有一點兒妖氣。」

孫行者說着就把那假公主一把揪住，說：「你這妖精，害了真公主，自己享福還不算，竟要打我師父的主意，我非要你現出原形不可！」

那公主一聽，也猛然摔去首飾，脫下衣服，拿出一條棍子，跟孫行者大打起來。

那妖精畢竟不是孫行者的對手，她跑到天上，行者也追到天上。打鬥聲驚動了月神，她走出來說：「大聖，請饒恕了她吧。這是在月宮給我搗藥的玉兔，逃跑到人間去，今後我好好管着她就是了，公主也是她攝走的，大聖帶她回去吧。」

不一會，行者就把真公主帶回宮裏。國王對三藏師徒們感激不盡，也為自己的糊塗而道歉，就給他們換了關文，送出國門去了。

貳柒 第八十一難

離開天竺國，三藏師徒們走到一個山林裏，只見高樓重疊，雲彩飄飄。行者說：「師父，你到那假西天，假雷音寺時就低頭下拜，為什麼今天到了這真西天，卻連馬都不下呢？」三藏聽說，慌忙跳下馬來。他們到了一座道觀面前，一個道人對他們說：「請問師父是大唐的三藏法師嗎？」

行者告訴三藏說：「這是金頂大仙來接我們呢。」三藏連忙上前行禮，那大仙說：「我奉了觀音大士之命，在這裏等你們。觀音大士說你們兩三年就會來到，沒想到一直等了十四年呢。」他向前面指着，「你們已經到了靈山，如來佛祖就在那最高的峯頂上，快快上去吧。」

唐三藏合十稱謝，跟着就換上那件金光燦爛的袈裟，向靈山走去。可是走了不久，就到了河邊，一個船伕撐着一艘船來，請他們上船。三藏一看那是一艘無底的船，吃驚說：「船沒有底，怎能渡得人呢？」行者說：「師父只管上船吧。我們已靠近佛的身邊，不會有危險的。」

三藏就上了船，果然，那船就平穩地前行，到了河中心時，忽然有一具屍體從上游飄過來，三藏看了大驚起來，孫行者說：「師父，你別怕，那是你的軀殼呀。你已經超昇了！」那船伕也說：「是啊，祝賀你們都超昇了！」

船泊岸了，那船伕卻飄飄然飛上雲層去了。悟空說：「這是接引佛祖來引領我們的。」三藏一轉身，就向三個徒弟致謝。行者說：「師父不用感謝我們。師父雖然是靠了我們保護才脫了凡胎，可是我們也因為師父超昇，才得到超昇呢。」

師徒四人歡歡喜喜的來到雷音寺，拜見了如來佛祖。如來佛祖就把那「三藏真經」五千零四十八卷交給他們，叫他們帶到東土，廣泛傳播，引渡萬民脫離苦海。

如來佛祖又叫八大金剛送他們回到東土，限期八天趕回靈山來，因為他們已經超昇，路上的魔怪又都清除，可以一路無阻了。

唐三藏把一些佛經給白龍馬馱着，一些佛經由豬八戒和沙和尚挑着，跟着八大金剛，一陣風似的走着。

唐三藏離開後，觀音菩薩到如來佛祖面前，說：「唐三藏為了取經，經過了許多災難，我查看過紀錄本子，從他出生起，一共經歷了八十次災難。不過，他是注定了要經歷過九九八十一難才能功德完滿的，現在還差一難呢。」

如來說：「那你就趕快去完成它，可不要耽誤了日期啊。」

三藏師徒已跑了很遠的路了，這時忽然一陣狂風吹過，把他們都吹到地上來。唐三藏給風颳得莫名其妙，茫茫然的說：「這可真是欲速則不達啊！」

可是這裏是什麼地方呢？只見一條滔滔滾滾的大河橫在他們面前，他們細認之下，原來就是通天河。正在這時，聽到有一把聲音說：「老師父，這邊來！這邊來！」他們周圍看看，不見有人影。那聲音更接近了，原來是一隻大黿從河裏浮出來，他說：「師父，我等了你幾年了，到現在才見到你呢，請快快到我的背上來吧。」

三藏師徒才記得起這是多年前渡他們過通天河的大黿，就歡歡喜喜地踏到了牠的背上，平平穩穩，比什麼渡船都更可靠。

他們已到中流了，那大黿說：「師父，前次我請求你給我問問佛祖，我什麼時候才能脫了厚殼，煉成人形，不知道佛祖怎麼回答的呢？」一句話，問得唐三藏啞口無言，多少年來，他一心只顧着取經，把這事完全忘記了。大黿見他沉吟不語，便知道他沒有問了，於是牠也一聲不響，就沉下水裏，把他們師徒四人連同白龍馬和經書都翻到水裏。幸虧三藏這時已脫了凡胎，不怕水淹，加上行者大顯神通，把經書都搶救出來。不過到他們師徒四人上岸的時候，經書都濕透了。

到了岸上，他們首先得曬晾經書，他們把經書一本一本的鋪在石頭上曬乾。有幾個漁人經過，問他們說：「老師父，你們不是前年經過這裏往西天取經的麼？」八戒說：「是的，你們是哪裏人？」漁人說：「我們是陳家莊的人。師父前次捉了妖精，救了我們的童男童女，我們這裏的人永感師父的大恩，天天想着你們呢！」

那陳家兄弟也從後面趕來了，不管三藏師徒們怎麼推辭，他們把那曬乾了的經書包起來，硬是把他們拉到陳家莊裏去。

原來他們走了之後，陳家莊的人為紀念他們的功德，給他們建了一座寺叫救生寺，還把他們師徒四人的像畫了下來，天天膜拜*。現在他們來了，人們便紛紛送來水果和食物，可是，豬八戒也脫了凡胎，竟然不饞嘴，看到美食當前，只感到可惜了。

到了深夜，那些人才散去。唐三藏說：「我們再不走，就耽誤日子了。」正說着，那八大金剛的聲音在空中響起：「快跟我們來吧！」一陣香風飄蕩，他們又升到空中了。

*膜拜：舉起雙手伏地跪拜，以表示極端恭敬和畏服的態度。也專指禮拜神佛。

貳捌 最後的勝利

在大唐的曆書上，是貞觀二十七年。唐太宗自從貞觀十三年送走三藏之後，天天盼望他回來，貞觀十六年在長安關外建築了一座望經樓，每年到樓上觀望，總是盼不到唐三藏。這一天，唐三藏原來住的洪福寺的和尚來報告說，唐三藏走的時候，說過如果寺裏的松樹哪一天松針都向東，那麼他就回來了。這天早上棵棵松樹的針葉，都指着東方呢。唐太宗就帶了文武百官，在望經樓上等着。

忽然西方滿天祥雲，香風陣陣，唐僧在前，徒弟在後，一匹威武的白馬馱着經書過來了，唐太宗連忙帶着文武百官下樓迎接，一起回到朝上。

唐太宗聽唐三藏講在取經路上的經歷，去到的地方許多

都是國人沒有去過的，經歷的艱險又是激動人心的，聽到的人都為之動容。唐太宗自己更激動到整夜睡不着，寫成了一篇「聖教序」，紀念三藏取經的功勞。還欽命書法大家褚遂良把它寫了，刻在石上，到現在還流傳着。

唐太宗又命令翰林院把真經抄錄，還在長安城東築起了謄黃寺，專門把經書藏起來。

唐太宗請唐三藏對大眾朗誦真經，三藏便選了長安的雁塔寺來誦經。

到了三藏登台誦經的時候，一陣香風，八大金剛在空中現了身，說：「誦經的，快放下經卷，跟我們回西天去！」話才說完，唐三藏師徒四人，連同白龍馬，便騰空而起，那唐朝君民，都拜倒在地，目送他們西去了。

當唐三藏師徒們到達雷音寺時，恰好是第八天。如來佛祖把他們叫到蓮花座前，對他們說：「你們如今都修成正果了。唐三藏不怕困難，堅心取經，功德很大，升你為『旃檀功德佛』，孫悟空一路上除惡揚善，力克羣魔，升為『鬥戰勝佛』，悟能本來犯了天條，但是挑擔有功，升為『淨壇使者』……」

豬八戒聽了，便吵起來：「他們都成了佛，怎麼沒有我的份呢？」

如來說：「你身體胖，胃口大，我們神壇上常常有很多珍奇的貢品，都給你吃個乾淨那還不好麼？」他又繼續說：

「沙悟淨，你也是犯了天條的，現在念你牽馬有功，升你為『金身羅漢』。」他又對那白龍馬說：「你本來是一個逆子，但是念你誠誠懇懇地馱着聖僧到西天，又把經書馱回東土，也是立了大功的，就升你為『八部天龍』吧！」

大家都謝過了佛祖的恩典，那白龍馬進人化龍池裏，一翻身，褪了毛皮，渾身長起金鱗，腮邊生出銀鬚，飛出龍池，盤繞在那擎天華柱上了。

那孫行者這時卻拉着三藏說：「師父，現在我已經成佛，你別叫我再戴那金箍了。快快唸個鬆箍咒，等我把它拿下來打個粉碎，免得菩薩又拿它去捉弄別人。」

唐三藏說：「金箍是制服潑猴的，你現在已成了佛，頭上還有什麼金箍呢？不信你摸摸看！」

行者伸手一摸，果然頭上再沒有金箍。在那個極樂世界裏，誰也不會再有痛苦了。

語文實力大挑戰

金睛火眼辨一辨

在正確的答案前打「✓」。

1. 孫悟空大鬧天宮的起因事件是什麼？

 □ 大鬧龍宮被征討　　□ 受封弼馬溫

 □ 未被邀請參加蟠桃宴

2. 唐僧在什麼地方招收孫悟空為徒？

 □ 兩界山　　□ 高老莊　　□ 流沙河

3. 下列人物與情節搭配正確的是哪一項？

 □ 唐僧——高老莊戲八戒

 □孫悟空——鷹愁澗會白龍馬

 □豬八戒——三打白骨精

4. 孫悟空三借芭蕉扇的正確順序是哪一項？

 □ 翠雲洞戲鐵扇公主→李天王、哪吒同孫悟空擒牛魔王→摩雲洞鬥牛魔王

 □ 摩雲洞鬥牛魔王→翠雲山戲鐵扇公主→李天王、哪吒同孫悟空力擒牛魔王

 □ 翠雲山戲鐵扇公主→摩雲洞鬥牛魔王→李天王、哪吒同孫悟空力擒牛魔王

重點追蹤填一填

把正確的答案填在（　）裏吧！

1.《西遊記》的作者是（　　　　　），他是中國（　　　　　）代小說家。

2.《西遊記》中孫悟空從他的第一個師父菩提祖師處學到了（　　　　　）、（　　　　　）等神通，又從東海龍宮索取了（　　　　　）作為武器，因大鬧天宮被（　　　　　）壓到五行山下，受苦五百年，後受觀音菩薩的規勸，皈依佛門，給唐僧作了大徒弟，取名（　　　　　）。

3. 豬八戒原是仙界的（　　　　　），沙和尚原是仙界的（　　　　　）。

4. 白龍馬原是（　　　　　）之三太子小白龍，因違逆父命被囚於鷹愁澗，後化作白馬馱負唐僧取經，被封為（　　　）。

5. 唐僧俗名（　　　　　），法號（　　　　　），後來唐太宗賜名他叫（　　　　　）。

對號入座連一連

1. 把下列武器與對應的人物連起來吧！

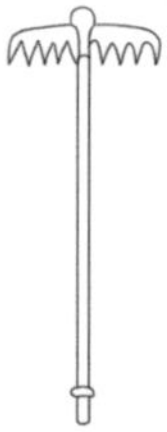
九齒釘鈀 ●

● 孫悟空

金箍棒 ●

● 豬八戒

雙片月牙鏟 ●

● 沙和尚

2. 把正確的人物形象與左側對應的文字連起來吧──《三打白骨精》中白骨精三次變化為不同的人物,請將對應的變化連在一起。

第一次變化為 ●　　　　● 老公公

第二次變化為 ●　　　　● 漂亮的女子

第三次變化為 ●　　　　● 老婆婆

情節續寫試一試

仿照例子將後面的兩個故事情節補充完整！其中《三借芭蕉扇》，已經寫了一部分，你能續寫下去嗎？相信《三打白骨精》，你能夠寫得既完整又精彩哦！

例：**孫悟空大鬧天宮**：孫悟空拜師求藝歸來，本領大增，自稱「美猴王」，便去東海龍宮借兵器，得「如意金箍棒」。又去陰曹地府，把自己的名字從生死簿上勾銷。龍王、閻羅王去天庭告狀，玉帝把孫悟空召入上界，授他作弼馬溫。悟空嫌官小，自封「齊天大聖」。 之後又搗了王母娘娘的蟠桃宴，盜食了太上老君的金丹。玉帝派李天王和二郎真君去捉拿悟空，最後悟空被擒。悟空被刀砍斧剁、火燒雷擊，甚至置丹爐鍛煉四十九日，依然毫髮無損，還在天宮大打出手。玉帝請來佛祖如來，才把孫悟空壓在五行山下。

2. **三借芭蕉扇**：唐僧師徒四人路過火焰山。由於山上一片火海，他們無法通過。得知鐵扇公主的芭蕉扇能滅火焰山的火，悟空就親自前往借扇。鐵扇公主不願借扇給悟空。一番打鬥無計可施後，悟空變成了一隻小蟲，讓鐵扇公主喝進肚子，逼鐵扇公主交出扇子。＿＿＿＿＿＿＿＿＿＿＿＿＿＿＿＿

＿＿＿＿＿＿＿＿＿＿＿＿＿＿＿＿＿＿＿＿＿＿＿＿＿＿＿＿

＿＿＿＿＿＿＿＿＿＿＿＿＿＿＿＿＿＿＿＿＿＿＿＿＿＿＿＿

3. 三打白骨精：

各抒己見寫一寫

在本書出現的人物形象中，你最喜歡哪個角色？為什麼？最不喜歡哪個角色？為什麼？把你的理由分別寫在下面吧！

我最喜歡：____________________

因為：____________________

我最不喜歡：________________________

因 為：________________________________

____

____

____

____

____

____

____

____

____

____

____

____

____

____

____

答案

金睛火眼辨一辨

1. 未被邀請參加蟠桃宴　　　　2. 兩界山
3. 孫悟空——鷹愁澗會白龍馬
4. 翠雲山戲鐵扇公主→摩雲洞鬥牛魔王→李天王、哪吒同孫悟空力擒牛魔王

重點追蹤填一填

1. 吳承恩，明
2. 七十二變、筋斗雲，如意金箍棒，如來佛祖，孫行者
3. 天蓬元帥，捲簾大將軍　　　　4. 西海龍王，八部天龍
5. 陳禕、玄奘、唐三藏

對號入座連一連

1.
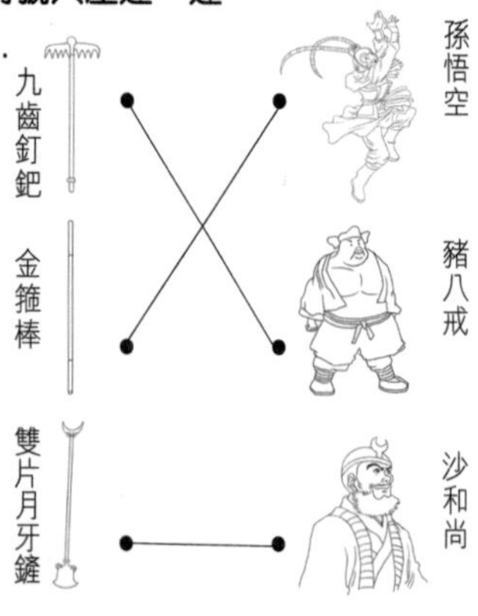

2.
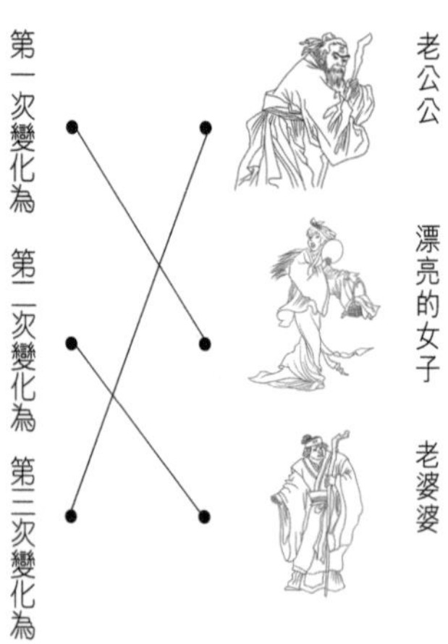

情節續寫試一試

略

各抒己見寫一寫

略